KB014277

몸과 말

몸과 말

홍수영 에세이

허클베리북스

추천의 말

조광제 (철학아카데미 대표)

이 책의 저자 홍수영 작가는 일찍이 어릴 때부터 이름조차 알 수 없는 병의 세계에 내던져졌다. 그녀는 다른 세계를 짊어지고서 다른 사람들과 같은 세계를 살아야 했다. 그 같고 다름의 그 어두운 틈새에서 그녀는 빛을 보고 있고, 그 빛을 통해 신과 소통하지 않을 수 없었다. 빛은 때로 먼지처럼 흩어지기도 하고, 물처럼 흐르기도 했을 것이다. 먼지와 물이 만나 안개를 형성할 것이기에 당연히 침묵이 따를 수밖에 없었을 것이다. 그런 와중에 마침내 그녀는 침묵의 어둠에서 끝내 밝음을 찾아내고, 그 밝음 속에 자신을 던져 다른 이들을 불러들인다. 그녀는 그들의 목소리를 신의 계시로 받아들이고자 한다. 그리하여 그들에게 위로를 넘어선 생명의 적나라한 승리, 영적인 자유를 함께 하자고 권유한다.

홍수영 작가는 온통 그녀에게서 미끄러지는 자들에게 내던져졌다. 그들이 무심코 또는 의도적으로 내뱉는 말을 너무나도 오랜 세월 고통으로써 견뎌내야 했다. 마음의 고통은 몸의 통증에 또 하나의 벽을 세워 고립의 밀도를 높였다. 그녀는 고립에서 넘쳐나는 기도의 목소리로 저 자신의 신성을 올곧게 일으켜야 했다. 예수의 고통이 갖는 신성을 닮고자 했고, 하지만, 언제나 닥치는 불구의 신성은 그녀가 사랑하는 자들을 부르지 않을 수 없도록 했다. 아름다움을 부르는 그녀의 목소리는 알 수 없는 병이 불러일으키는 끈질긴 절망에의 유혹을 떨쳐버리는 외침이었다.

몸은 병, 특히 불치의 병을 통해 노골적으로 드러난다. 몸에서 몸으로 이어지는 관계들에서 빚어지는 오인과 오해는 정확하게 다가와, 그런 만큼 정곡을 찌른다. 나를 이탈하는 몸, 감정은 말할 것도 없고 사유조차 그 앞에서 절름거리게 만드는 몸, 함몰된 시간과 공간을 드러내어 당혹하게 하는 몸, 그렇게 몸이 나의 존재를 벗어나 과잉될 때 신성의 세계를 열 수 있는 열쇠가 손안에 뚜렷이 주어진다는 것을 홍수영 작가가 글을 통해 보여준다.

지금 이 책의 추천사를 쓰는 나는 불행히도 신을 믿지 않는다. 그 불행은 존재의 문제이기 이전에 소통의 문제다. 말하자면, 홍수영 작가가 애써 열어놓는 그 신성의 세계에 내가 좀처럼 발을 들여놓을 수 없다는 문제다. 그런데도 나는 그 불행 너머에서 그녀의 신성함이 갖는 성실을 믿고, 그 성실에서 흘러나오는 신비를 받아들인다. 많은 사람이 나와 같이 그녀와 달리 외따로 다른 길을 걷고 있을 것이다. 그 길에서라 할지라도, 그 길이 저 알아서 알 수 없는 곳으로 빨려들지라도, 그 길 어디에선가 어떤 형태로건 홍수영 작가의 신성함을 닮은 목소리를 듣게 되지 싶다. 독자들, 다들 존재의 고통을 앓는 자들로서, 아름다움을 사랑하는 자들을 부르는 그녀의 목소리에 동행했으면 한다.

내가 보는 것은 한 그루의 소나무가 아니라
천 그루의 소나무이며,
나는 유일한 존재가 아니라 연대로 존재하고 있다.

_ 애니 딜라드, 『자연의 지혜』

프롤로그

나는 때때로 말을 잃지만 말 속에서 산다. 건네지 못한 말, 건넨 말, 건네받지 못한 말, 건네받고 싶은 말, 우리의 말, 그녀의 말, 그의 말, 너의 말 속에서. 당신도 마찬가지다. 당신도 나처럼 말 속에서 산다. 당신의 고유함과 당신과 나의 다름은 말을 통해 드러난다. 당신과 나의 삶은 언어 안에서, 혹은 한나 아렌트의 표현대로 '언어라는 행위' 안에서 말의 효용성과 무능성을 경험하는 매 순간의 연속이다. 말은 서로 얽히고 연쇄망을 만든다. 말은 포용하고 배제한다.

근육의 통증은 내게 몸을 의지대로 통제할 수 없다는 좌절과 불안, 즉 나 자신으로부터의 분리감을 줬다. 그리고 언어의 결여는 나 이외의 모든 것으로부터 나를 단절시켰다. 어디에 있어도 누군가와 연결되어 있다는 느낌을 가질 수 없었다. 느린 대답을 참아주는 사람들은 증상이 경미했던 몇 년 전의 기억 속에나 겨우 존재한다. 아무리 대화를 원해봐야 급하게 의미를 유추하거나 여섯 살 제 자식 말투와 비슷하다며 농담을 흘리는 이들이 대부분이다. 그래도 말을 잇고 싶어 근육을 뒤틀면서 어찌어찌 이야기를 이어가면 커다란 제스처와 제어될 수 없는 표정 때문에 감정적이라는 오해를 사곤 했다. 관심받고 싶어 안달이 난, 어딘가 모자란 사람으로 비춰졌다. 섞일 수 없는 말을 끌어안고 울었다. 나는 오랜 시간 그런 사람으로 지냈다. 평정심을 모르고, 과장이 많고, 자격지심에 찌든 사람으로. 그래서 더욱 처절하게, 글을 쓸 수밖에 없었다.

오래 묵어 있다가 펼쳐진 말은 고백이 된다. 누군가를 애달프게 그리워하는 마음으로 살았다. 만나고 싶지만 그럴 수 없어서 썼고, 말하고 싶지만 그럴 수 없어서 썼다. 그리움 속에서 너무 오래 살았다. 책이 나오면 제일 먼저 뭘 하고 싶냐는 질문을 들었는데, 주저하다가 그저 덜 아프고 싶다고 했다. 이름 불러주는 하루를 보내고 싶다고도 했다.

친구라고 부를 수 있는 사람들을 만나고 싶다. 한마디로도 충분하다고 말해주는 벗과 함께, 같은 책을 읽으며 밑줄을 긋고 싶다. 지금보다 많은 소통의 현장과 대답 속에 살아볼 수만 있다면 뭘 더 바라겠나. 나를 듣고 내가 들어줄 수 있는 사람들을 만난다면. 또한 원하기는 이 책을 통해 각각의 상처와 부서짐을 안고 공동체를 기다리는 사람들과 작은 연대가 빚어졌으면 하는 것. 어떤 소리도 되지 못한 채 떨림으로 울리던 언어를 들어줄 한 사람, 바로 이 책을 펼치신 당신이다. 읽기는 침묵을 들을 수 있는 가장 좋은 방식이니까.

1부 '몸의 고백'과 2부 '몸의 침묵'은 소통을 꿈꿨지만 번번이 가로막힐 수밖에 없었던 아픈 몸의 기록이다. 나열된 이야기들은 길이 면에서 조금 변덕스럽다고 할 수 있겠다. 길고 짧음이 판이하게 차이가 난다는 얘기. 들쑥날쑥할 수밖에 없는 데는 그만한 이유가 있다. 각각의 기록 모두가 그날그날의 신체적 여건을 그대로 반영하고 있기 때문이다. 몸 좋은 날은 더 길게 쓸 수 있었다. 오랜 시간 버티고 있으면서도 두통과 근육의 조임에 온 정신을 빼앗겨 A4용지 반 장을 채우지 못한 날도 많았다.

비슷한 길이와 가지런한 모양새로 나열된 기록이 아니라는 점에 대해서 독자분들께 죄송스러움을 표한다. 매일 다른 몸과 만나야 하는 나의 호흡을 고스란히 담아내고자, 당신과 가장 진실하게 대면하기를 염원하며, 고집스럽게 지켜낸 욕심이었음을 밝힌다. 물론 이 욕심을 욕심 아닌 것으로 헤아려주신 허클베리북스 반기훈 대표님의 배려가 있었기에 가능한 일이었다.

3부 전체는 지난 10년 동안 쓴 기도문의 일부로 채워져 있다. 신앙이 없거나 다른 신앙을 갖고 있거나 어떤 이유로든지 신앙을 잃은 분들도 편안히 읽을 수 있기를 바란다. 이 기도문들은 내가 가진 믿음을 강권하거나 설득하려고 쓴 게 아니다. 무수한 고요 안에서 조금씩 조금씩 침식되면서 만들어진,

흐린 윤곽선을 닮은 '몸의 기도'를, 앞선 1, 2부와 같은 지평 안에서 읽어주시기를 청한다. 말 없는 몸은 가장 가까이에 사는 침묵이었으며, 침묵은 빅토르 위고의 표현대로 하나님이 던지시는 햇살의 소리였다.

당신은 이미 C.S 루이스와 톨스토이, 파스칼의 고전을 접한 적이 있을 것이다. 그들이 신의 손길에 기대어 쓴 고귀한 텍스트 덕분에 우리는 종교와 신의 문제뿐만 아니라 삶의 진리, 인간 내면의 고뇌와 모순을 성찰할 수 있게 됐다. 그들의 고전만큼 내 글이 아름답지는 못할지라도 하나의 기록과 문학으로, 작은 영혼의 침묵으로써 여러분의 심령에 다가가는 기도말이기를 소망한다. 또한 내가 기도하는 것은 단 하나, 사랑이다. 아픈 이를 홀대하거나 외면치 않는 마음. 희생을 두려워하지 않는 마음. 사랑이 없는 종교는 허울뿐인 종교다. 사랑은 우리 힘으로 할 수 없는 많은 것들을 해내게 한다. 사랑의 초월적 힘이 신과 맞닿아 있음을, 신이 우리에게 건네주신 사랑이 우리의 사랑함을 가능케 하는 것임을 언제나 믿고 있다. 나는 만나는 모든 사람 속에서 기도하는 법을 배운다.

차례

1부 몸의 고백

2부 몸의 침묵

3부 몸의 기도

1부

몸의 고백

빈 교실

오른발 215mm, 왼발 220mm. 내게는 꼭 맞는 신발이 없다. 아동화는 앞볼이 너무 좁고 성인 치수는 두꺼운 양말을 신어도 뒤축이 철벅거린다. 어쩌다 볼 낙낙한 아동화를 찾는 행운이 주어져도 오른쪽은 헐거워 걸을 때마다 신발이 끌리기 일쑤다. 운동화 끈을 단단히 조여 매고 길을 나선다. 억수같이 내리던 빗줄기를 뚫고 다시 더위가 찾아왔다.

망원 한강공원에서 상수 나들목까지 걷는 동안 여기, 절두산 순교 성지에서 종종 발길을 멈춘다. 주변 경관이 뛰어난 이곳은 조선 초기부터 중기까지 명나라의 칙사가 조선을 방문했을 때 관례적으로 들르던 국제적인 관광지였다. 19세기 중엽 병인박해 이후 수많은 교인들이 참수형으로 목이 잘려 죽으면서 절두산切頭山이라 불리게 됐다. 교육관 앞에는 노트가 있어 가끔 노트를 가득 채운 기도 제목들을 바라보다 간다. 그 험준하고 막막한 기도들을 보며 짧은 순간이지만 세상의 모든 간절함과 만난다.

성지 안에 있는 '십자가의 길'을 걷다가 문득 신발 밑창 속에 뭔가 들어간 게 느껴진다. 뾰족한 감각이 발바닥을 찌른다. 한 발로 서서 탈탈 털어내자 작은 자갈 몇 개가 굴러떨어진다. 햇살에 반짝이는 그 돌들이 잠깐 청색, 주황색으로 보인다. 압정 같았다.

중학교에 다닐 때, 실내화를 신기 전마다 이렇게 신을 뒤집어 몇 차례 흔들어보곤 했다. 누군가 넣어 뒀을 압정에 찔리지 않기 위해서였다. 나는 겁이 많은 학생이었다. 작은 소리가 나도 크게 움찔거렸고 웃음소리만 들려도 가슴이 덜커덕 내려앉았으며, 식판을 들고 걷다가 목이 심하게 돌아가 반찬을 다 엎어버린 뒤로는 급식소 근처에 얼씬도 하지 못했다. 점심시간에는 텅 빈 미술실에 들어가 나오지 않았다. 책상 안이나 수납함에 얼크러진 압정들을 빼내던 기억이 일시에 어제의 일처럼 생생해진다.

14살 가을, 디스토니아Dystonia(근육긴장이상증) 진단을 받았다. 처음에는 목이 툭툭 하고 틱처럼 돌아가는 정도였으나 하루가 다르게 증상은 심각해졌다. 가까운 병원들을 헤집고 다니며 검사란 검사를 다 받아도 진단명이 나오지 않았고, 나의 의지와 상관없이 계속 돌아가는 목 때문에 머리카락을 손가락 사이에 집어넣고 고개를 고정시켜서야 겨우 잠들 수 있었다. 매일 아침 베개에는 잡아 뜯긴 것처럼 한 움큼의 머리카락이 빠져 있었다. 무슨 일이 일어나고 있는지 알 수 없었다. 결국 서울로 올라가 대학 병원에 가서야 디스토니아라는 병명을 들을 수 있었는데 그 무렵에는 이미 수업 시간에 고개를 들 수 없을 정도로 상태가 나빠져 있었다.

나는 어릴 때부터 허약하고 잔병치레가 많았다. 부모님은 일로 바쁘셔서 친할머니 손에서 자랐다. 할머니는 갓난아이였던 나를 등에 업고 종일 밭일을 했는데, 위험할 만큼 목이 벌렁 꺾어진 채 할머니 뒤에 업혀 있는 나를 친척들이 보고는 놀란 가슴으로 허겁지겁 목을 받쳐줬다는 얘기를 여러 번 들었다. 나는 어려서부터 목을 잘 가누지 못했다. 유치원에서 찍은 사진들에는 힘없이 기울어진 자세로 앉아 있는 내 모습이 담겨 있다. 초등학교에 들어가서도 다른 모든 부위는 지극히 정상인 반면 목은 중심을 잃고 힘없이 나부껴서 병원에 가면 경미한 뇌성마비라는 말을 듣곤 했다. 내가 자랐던 곳은 그때만 해도 의료 환경이 몹시 열악했다.

그러다 초등학교 3학년 무렵부터 몰라보게, 목의 균형이 바로잡히기 시작했다. 나는 남학생들 사이에 끼어 운동장에서 축구하는 시간을 가장 좋아했고, 스포츠 댄스를 하면 구령대 앞에서 시범을 보이는 아이로 바뀌었다. 어느 모로 봐도 건강했으며 회장 아니면 반장을 도맡았다. 가냘프지만 무엇이든지 배우는 걸 좋아하는, 호기심 많고 민첩한 초등학생이었던 것으로 기억한다.

문제는 중학교에 들어가면서부터였다. 따돌림을 당하고부

터 말을 하려고 하면 왼쪽 안면이 심하게 찌그러지고 숟가락으로 국을 떠먹을 수 없을 만큼 목이 흔들렸다. 앞으로 나가 발표를 할 때는 안면이 깨질 것처럼 아팠다. 경련하는 얼굴을 바라보며 급우들은 쟤는 뭐가 좋아서 저렇게 웃는 거냐고 내 표정과 몸짓을 따라 하다가 자지러졌다. 오른쪽 흉쇄유돌근의 수축으로 앞을 똑바로 보고 걸을 수 없었다. 목 전체가 툭 튀어나온 목젖처럼 앞으로 불거져 나와 침만 삼켜도 통증이 생겼다.

고개를 숙이고 빠른 걸음으로 복도를 지나다니는 동안 내 눈에 보이던 것은 도둑맞아 늘 새것이었던 실내화와 흔들리는 도시락 가방뿐이었다. 병신, 하고 툭 치듯이 지나가던 조용한 욕설들. 어디서 냄새 안 나냐고 일부러 큰 소리를 내며 두리번거리다가 내 곁에 바싹 다가와 "여기서 나네" 하고 눈살을 찌푸리던 무리들. 그러한 행동들이 얼마나 간악했는지 이루 말할 수 없다. 급우들은 선생님 앞에서는 먼저 다가와 말을 걸며 친한 사이인 양 팔짱을 끼다가도 쉬는 시간마다 실눈을 뜨며 나의 움직임을 예의주시했다. 내가 바득바득 화를 내며 간밤에 연습한 말들을 쏟아내면, 그래, 선생님한테 일러. 알았지? 하고 쨍하니 돌아서 버렸다.

교사들은 걸을 때는 자세도 곧고 기운찬 아이가 OMR 카드에 답을 체크할 때만 손과 목의 움직임을 통제하지 못하고, 몇 분은 아무렇지 않게 앉아 있으면서도 금세 등을 움츠린 채 수업 내용의 절반도 필기하지 못하는 모습을 보면서 공부하기 싫어 꾀병을 부린다거나 지어낸 말을 늘어놓는다고 생각했다. 뒷자리에 앉아 조금이라도 편하게 수업을 듣고 싶다고 해도 한사코 맨 앞자리에 앉혀놓는 수학 선생님도 있었다. 나는 날마다 집에 돌아와 이런 상황에 대해 털어놓았지만 당시 부모님은 일로 바빴던 관계로 자세히 귀 기울일 시간도, 심신의 여력도 없었다.

아픈 자식을 키운다는 것은, 그러한 경험이 전무한 부모에게는 너무 생소하고 어려운 일이었으리라. 부모님은 처음이었기에 당연히 그 일을 잘 해내지 못했고, 내면 깊숙이 황폐한 전쟁을 치르는 중이었으며, 이따금 나를 통해 들은 이야기를 울분을 토하며 선생님들에게 전하는 것 말고는 아무 것도 하지 못했다. 내가 "친구들이 엄마가 널 낳을 때 자궁에 목이 걸려서 지금 이렇게 목이 달랑거리는 거냐고 그랬어" 하고 온몸을 바르르 떨면서 울 때 어쩔 줄을 몰라 하며 함께 울던 엄마의 얼굴이 지금도 선명하다. 하루라도 빨리 너를 병원에 데려갔어야 했는데……. 여기 병원에선 분명 괜찮다고 했는데………. 조금 더 일찍 나를 큰 병원에 데려가지 못했던 자책감으로 밤낮 괴로워하던 그 얼굴.

갑자기 달라진 환경을 가장 견디지 못한 사람은 아빠였다. 다시 좋아질 거라고, 애써 태연한 척 나를 다독였다. 전에는 괜찮았잖아. 좀 더 기다려. 다 나을 거야. 한 번도 본 적 없었던 복잡한 감정들이 아빠의 눈동자 깊은 곳에 욱여져 있었다.

그렇게 부모님이 무기력하게 무너지는 모습을 바라보며 나는 스스로가 해를 끼치는 존재라고 확신했고 더는 짐이 되어서는 안 된다고 생각했다. 대관절 하루하루가 전쟁이었고 죽지 못해 살았다.

약을 먹고 치료를 받아도 스트레스가 너무 심해서 효과가 전연 나타나지 않았다. 보톡스를 맞아 가면처럼 굳어진 왼쪽 안면은 자연스러워지려면 며칠 혹은 몇 주의 시간이 필요했다. 표정 없는 왼쪽 면과 달리 오른쪽 입꼬리는 경련 때문에 수시로 씰룩거렸다. 하루는 담임선생님이 교무실로 나를 불러 호통을 쳤다. 급우들 말에 따르면, 내가 자신들을 보고 비웃었다는 것. 흔들리는 입꼬리가 만든 오해였다. 네 행동과 모습에도 문제가 있어. 착하게 있어야지. 충격에 싸여 숨이 멎을 것만 같았다. 나는 쓰고 있던 마스크를 눈 아래까지 끌어올리며 교무실을 나왔다.

그 후 나는 급우들 앞에서 얼굴을 보이지 않으려고 수업시간에도 마스크를 쓰고 있었지만 그럴수록 선생님은 나의 마스크를 벗기려고 혈안이었다. 연거푸 빨긋빨긋한 얼굴로 몰아세우는 그녀 앞에서 어떻게 대꾸해야 할지를 몰랐던 나는 마스크를 쓰고 있어야 한다고 웅얼거리다가 수업 도중 그만 책상을 끌어안고 대성통곡하기도 했다. 진단서를 떼서 설명을 해도 소용없었다. 선생님들은 고개를 내두르며 '심한 장애도 없는 애가 대체 무슨 이유로 결석을 해 가면서 병원을 오가는지' 의아해했다. 나는 매일 밤 엄마에게 물었다. 어떻게 얘기해야 하냐고. 그럼 엄마는 담임선생님에게 잘 말씀드릴 테니 아무 걱정하지 말라고 했다.

다음 날 엄마와 통화하고 많은 이야기를 나눴을 선생님은 놀랍게도 언제나 한결같은 모습으로 나를 의심하고 추궁했다. 체육 시간이나 점심시간 종이 치면 나는 부정된 아픔과 거짓으로 치부된 통증을 끌어안고 빈 교실에 남았다. 멀거니

붐비는 복도 소리를 들으며 창문을 등진 채 도시락을 먹었다.
좋아하는 시들을 따라 쓰고, 책을 읽었다.

잊지 않는 연습

항상 부여잡고 다닌 왼쪽 팔에는 멍과 손톱자국이 얼룩져 있었다. 떨리는 팔을 링거처럼 쥐고 복도를 걸으면 그런 내 옆을 지나가는 학생들이 내 팔 모양을 똑같이 흉내 내며 키득거렸다. 열여섯 무렵, 나의 기도는 혼자서 미용실이나 치과에 가보는 것. 머리를 움직여 커트를 하다가 귀 끝이 가위에 쓸리거나 치료를 받다가 잇몸을 심하게 다치는 일이 툭하면 일어났다. 전신마취를 해서야 겨우 치료를 받을 수 있었지만 오래 미루고 미룬 탓에 그나마 치통에서 벗어나는 정도였다. 부드러운 음식 외에는 먹기 힘들 만큼 잇몸 상태도 엉망이었다.

가장 힘든 건 대화였다. 갈수록 말이 어눌해졌다. 끊기는 음절을 반드럽게 닦기 위해 발성을 연습하고 전신거울 앞에 똑바로 서서 성경을 읽었다. 더도 덜도 말고 딱 한 장만 읽자. 두어 줄을 채 뱉기도 전에 거센 바람이 불어닥치기라도 한 듯 어깨가 흔들리곤 했다. 이를 악물고 성경 읽기를 반복했다. 엉금엉금 스트레칭을 하면서 말을 배우고 이완을 배웠다. 그러다 차츰 그 시간이 익숙해지기 시작했고 몸이 물속으로 가라앉듯 고요해졌다. 그렇게 몸의 평안을 몇 분 정도 되찾았다. 처음에는 몇 분이었던 시간이 서서히 늘어났다.

언제나 대기처럼 흩어져 멀리 달아나려고 하던 몸의 일부일부가 내 곁에 머무르고 있다는 눈물 어린 위안. 그때부터 마음처럼 몸도 연습이 필요하다는 걸 알게 되었다. 들끓는 떨림을 거품 걷듯 걷어내 보면 거기에 이미 안온한 몸. 그 안온한 몸이 내 안에 있음을 잊지 않는 연습. 나는 그것을 여전히 하루도 쉬지 않고 있다.

날마다 다른 몸

내가 앓고 있는 디스토니아는 불수의적 동작과 경련(지속적인 근육 수축), 떨림, 비정상적인 자세를 일으키는 운동 장애이다. 북아메리카에서만 50만 명이 이 병으로 고통받고 있는데, 사람에 따라 다소 여러 형태로 증상이 나타난다. 어떤 사람은 안검경련Blepharospasm이라고 해서 빈번하고 극적이고 치명적이고 걷잡을 수 없는 눈 깜빡거림과 찡그림을 보인다. 목에 나타나는 후방사경retrocollis 증상을 보이는 환자들은 머리가 위험할 정도로 뒤로 젖혀진다. 근긴장 이상이 후두에 타격을 주면 말하는 것이 어려워진다. 총체적인 근긴장 이상 증상을 겪는 환자들은 팔, 다리, 복부, 후두, 눈꺼풀 같은 모든 부위에 근긴장 이상 증상을 겪는다.

미국 국립 신경질환 뇌졸중 연구소 웹사이트는 "근긴장 이상을 예방하거나 진행을 늦추는 처방약은 없다"라고 설명한다. 징후에 따라 약을 처방하지만 대개 치료는 극단적이고 침습적인 경우가 많다. 예컨대 뇌에 전극을 이식하거나 근육을 자르거나 심지어 안검경련 환자의 눈꺼풀을 깜빡거리지 못하도록 스테이플러로 뼈에 고정시키기도 한다. 가장 일반적인 치료는 보톡스 주사로 근육을 약화시켜서 수축하지 못하게 하는 것이다.[°]

나의 경우 대체로 목의 근긴장 이상이 도드라진다. 인천성모병원 신경외과 허륭 교수는 근긴장 이상을 설명하면서 목 근육 경련으로 머리가 어깨 방향으로 기울어지거나, 옆으로 돌아가거나, 앞으로 숙여지거나, 뒤로 젖혀지는 증상을 나열한다. 때로는 일정한 방향으로 반복적으로 움직여지기도 하고 한 방향을 향한 뒤 고정되기도 한다. 불수의적이고 무의식적인 근육의 수축은 엄청난 에너지를 앗아가는 요인이다.[°°]

근육의 수축이 계속 일어나 과도하게 일을 하게 되면 거의 항상 피로감에 시달리고 몸의 움직임이 뻣뻣해진다. 유연성

° 노먼 도이지, 『스스로 치유하는 뇌』

°° 도마스 한나, 『소마틱스』

과 반응 속도가 저하되어 자연스럽고 물 흐르는 듯한(일반적인) 움직임을 취하려거든 고도의 집중력과 노력이 요구된다. 가령 북카페에 들어가 책을 둘러보다가 책 한 권을 빼 드는 일상적 동작에도 나는 등과 어깨와 팔, 손가락을 부드럽게 사용하기 위해 매우 세세하게 몸의 부위들을 조절한다. 힘을 빼고, 크게 숨을 고르고, 찬찬하지만 기민하게 연결된 근육 전체를 의식한다.

뭐라고 표현해야 할까. 순간순간이 오려지고 찢어진다고 해야 할까. 지금과 바로 직후 사이에도 아득한 거리가 생긴다. 컵을 들다가 갑자기 손이 올라가지 않는다. 코 주변이 치켜 올라가고 안면이 헝클어진다. 머리가 무거워지는 느낌에 목을 가누지 못하고, 전신에 걸쳐 열은 떨림이 지속된다. 대부분의 사람들이 몸이 흐느적거리거나 안면이 떨리는 증상을 긴장하고 부끄러움을 타는 걸로 오인하지만 사실과 다르다. 근육에 힘이 들어간 상태가 계속되어 살살 몸을 움직이려고 해도 모든 게 과잉된다. 온몸이 조여들어 목소리가 부드럽게 나가지 않는다. 그러다 보니 눈만 마주쳐도 퍼뜩 놀라 요동을 치고 필요 이상으로 달떠 있거나 과부하 된 사람처럼 보인다.

사람은 보통 자신의 시선이 가는 쪽으로 목도 따라 움직이지만, 나는 내 뜻과 상관없이 목이 돌아간 쪽으로 시선이 따라붙을 때가 더 많다. 큰 소리가 나서 반사적으로 고개를 돌린 것처럼 물체를, 사람을, 돌린 쪽에 있는 그 무언가를 어느새 휙 주시하고 있다. 이러한 상황이 커피점에서 일어났고 내가 바라보게 된 것이 옆 테이블의 사람일 경우 대다수는 깜짝 놀라며 왜 자신을 쳐다보는지 의아해한다. 때로는 불쾌해하기도 한다(돌아가는 빈도가 잦아질 때는 특히 오해를 살 수밖에 없다). 게다가 자꾸 주변을 두리번거리는 모습으로 비쳐 남을 의식하지 말라는 때아닌 충고를 듣기도 한다.

다시 북카페로 가보자. 책을 적절한 눈높이로 올려 들 힘이 없으므로 목이 꺼진다. 구부정해진 목에는 많은 통증이 더해질 수밖에 없고, 참기 힘든 순간까지 버티다 결국 책을 내려놓고 나면 등에서부터 극렬한 강직이 느껴진다. 식은땀으로 범벅이 되어도 그 작은 일상이 가져다주는 기쁨을 포기할 수 없다. 스트레칭을 하고, 한강을 빠르게 걷고, 체득한 나만의 방식으로 숨을 길 단래어 조율한 뒤 다시 할 수 있는 일들을 찾아 나선다.

몸을 압박하는 증상들에서 벗어나 잠시라도 독립적으로 살기 위해서라면, 통증들이 뭐 대수겠는가. 카페에서 음료가 든 잔을 내 자리까지 쏟지 않고 들고 갈 수 있게 된 것도, 혼자 미용실에 가서 머리를 할 수 있게 된 것도, 마스카라를 할 때 두 볼에 잔뜩 묻히지 않을 수 있게 된 것도 모두 가슴 벅찬 변화들이다.

가끔씩 친척들을 만나면 한심하다는 듯이 "앞으로 어떻게 살래? 너만 보면 답답하다"라는 말을 듣는다. 그럴 때마다 무은 말을 해야 할지 몰라 그저 손끝을 응시하며 가만히 앉아 있을 뿐이었다. 내게 일어난 지극히 분명하고 확연한 삶의 변화들을 말하려고 하면 친척들은 나보다 더 아픈 사람들의 사례를 꺼내 들었다. 그러면서 이 모든 것은 다 내 마음먹기에 달린 일이라고 말했다. 증상이 나타나지 않을 때의 모습에 익숙해져서 본인들이 보기엔 그렇지 않은데 내가 스스로 병증을 만들어내고 사는 것이라 비난했다.

가까운 친구들도 마찬가지였다. 우리 나이라면 으레 생각해야 할 취업이나 결혼 문제에 대해, 알아야 할 상식들에 대해 나는 아는 게 없었고 무감했다. 공감대나 접점이 없으니 대화의 바깥만을 전전할 뿐이었다. 그들과 한 공간에 섞여 편안히 마주 앉고 싶어서 얼마나 애를 썼던가. 밥을 먹는 내내 불편함을 숨기느라 대화 내용도 들리지 않았다. 잘 지냈냐는 말에 어떤 대답을 해야 하는지, 헤어질 때는 어떤 인사를 건네야 하는지가 내게는 늘 숙제였다. 내가 친구들에게 할 수 있는 말은 몸과 병에 대한 것뿐이었다. 평범한 일상 이야기를 나누는 친구들과 달리 내게는 남들과 나눌만한 일상이 없었다. 기억력이 나빠져 골몰히 공부했던 것들마저 떠오르지 않아 대답을 잘 하지 못할 때마다 모르면서 아는 척하지 말라는 이야기를 듣기 일쑤였다. 이러이러한 것들을 해내기까지 수많은 시간이 필요했고 질기게 싸웠다는 말을 해봐도 눈에 보이지 않는 그 쾌거는 친구들이 이력서에 써넣은 경력에 비하면 너무 시시하고 볼품없는 것으로 여겨졌다. 그런 말을 듣고 그냥 왔니? 엄마는 괴로워하는 나를 보며 화를 내셨지만, 나는 엉엉 울면서 말했다. 그럼 어떡해. 다 떠나면 어떻게 해. 이런 밤들의 연속이었다.

그러나 내가 아무리 애를 써서 그들을 곁에 두려고 해도, 눈치 없는 사람처럼 한 달에 한 번만 꼭 보자고 채근해도, 하나둘 만남을 미루고 연락을 피했다. 결국 그들은 나를 떠났고 나는 다시 홀로 남았다. 차라리 홀가분했다. 그냥 진즉 보내

줬어야 했나 싶은 생각이 들기는 했지만 그러지 못했던 나를 비난하고 싶은 마음도 없었다. 그저 누군가 내 앞에 있어 주길 바랐다. 나와는 다른 일상을 살아가는 얼굴들을 눈앞에 두고 어딘가를 점유하고 싶었다. 나는 이따금 어디에도 없는 사람이었다. 누구든 마주 보는 것 말고는 다른 수가 없었다.

친구들이 경력을 쌓는 사이, 나는 혼자 미용실을 갈 수 있게 되었다. 미용실 직원에게 목 좀 잡아달라고 덤덤히 말할 수 있게 되었다. 사진관이라는 거대한 도전의 문턱도 넘었다. 제법 흘리지 않고 국을 떠먹을 수도 있게 되었고, 정면을 오래 응시하면 시야가 혼탁해지거나 초점이 안 맞는 증상도 어쩌다 한 번씩은 조절할 수 있게 되었다. 턱을 괴지 않아도 어떤 날엔 목을 잘 고정하고 앉아 있을 수 있었으며, 피사체가 움직이는 것처럼 늘 흔들리게 찍혔던 풍경 사진들도 드문드문 선명해졌다.

애석한 것은 겨우 갖춘 그 능력들이 유지되지 않고 바로 내일이라도 허물어질 수 있다는 사실이다. 나는 하루마다 다른 몸이 된다. 어제 능히 할 수 있었던 일을 오늘도 거뜬히 할 수 있으리라는 보장이 없다. 오늘은 느리게나마 애호박 볶음과 머위대 볶음도 만들어 먹고 북엇국도 끓였지만 내일은 칼질마저 어려울 만큼 강직이 심한 상태가 될지도 모르며, 오늘은 한강을 한 시간이나 씩씩하게 걸었지만 내일은 복부와 다리의 근긴장으로 짧은 산책마저 힘들 수도 있다. 오랜만에 만난 사람들과 아무렇지 않게 안부를 묻고 차를 마시다 헤어졌지만 돌아와서 몸에 남아 있는 잔여 긴장을 털어내기까지는 며칠이라는 시간이 필요하다.

남들과 똑같은 시간 속에 흘러가고 싶다. 연습이 가능하고 익숙함을 아는 몸으로 하루라도 살아보고 싶다.

탱고

산책을 하지 못한 며칠 사이 7월이 들이쳤다. 가방 안에 든 책의 무게가 경련하는 어깨를 눌러주자 발걸음이 순조로워진다. 사람들과 부딪치면 아주 가벼운 접촉에도 쉽게 넘어지는데, 무거운 가방을 메고 걸으면 제법 안정적으로 걸을 수 있다. 주문한 음료를 받고 자리로 돌아가는 동안 몸이 뒤뚱거린다. 당분간은 빈손으로 걸을 수 없으리라. 유리문 뒤의 테라스에서 스텝을 연습하는 사람들 보인다. 몇몇은 짝을 지었고 몇몇은 자리에 앉아 구경하고 있다. 창문을 향해 얼굴을 바싹 내민다. 그들의 탱고가 더 선명해진다. 동작을 익히기 위해 되밟는 활기 어린 발을 보고 있자니 나도 따라 할 수 있을 것 같아 흥이 돋는다. 통증이 낀 부분이 지워지지 않는 주름 같다고 느낀다.

내가 느끼는 나

시간 혹은 순간의 몸. 균형은 나타났다가 이내 사라진다. 아까 전까지만 해도 아무렇지 않게 앉아 있던 사람이 지금은 조립한 장난감처럼 넘어져 있다. 신경의 여러 가닥이 뜨개질을 하듯 서로를 꼬아 잇는 느낌이 들더니 이윽고 상체가 비뚜름히 기울더라고. 나는 테이블 위에 얼굴을 파묻고 그렇게 있다. 이 조용한 소란은 카페에 들어간 지 불과 몇 분 만에 나와야 할 만큼 삽시간에 벌어진다. 나는 대개 컨디션을 '잘' 조절하지 못한다. 잘 먹고도 아프고 잘 자고도 아프고 아프지 않다가도 아프기 때문이다. 몸의 변덕에 치인 일상은 몸으로부터 탈출하고 싶어 하지만 어림도 없는 일. 몸은 일상을 놔주지 않는다. 일상은 반복되는 산란한 몸에 묶여 몸이 가는 곳으로 쓸려 다닌다.

근육병 환자들은 몸의 밸런스가 어긋나 있어 단순한 움직임마저 고르지 않다. 덜 움직일수록 움직임에 가동되는 신경

세포회로와 근육들이 더 빨리 약화되기에 운동을 쉬어서도 안 된다. 나의 경우 일주일 이상 '빠르게 걷기'를 중단하면 책을 오래 들여다보기도 힘들 만큼 목이 돌아간다. 몸통이 앞으로 수그러지고 복부에 심한 통증이 온다. 똑바로 섰을 때 무게중심이 발 안쪽과 발가락에만 실린다. 그러나 걷고 난 뒤는 다르다. 발바닥 전면이 고르게 땅을 딛고 있다는 느낌과 함께 목과 어깨가 가벼워진다. 일주일에 세 번, 한 시간 이상을 걷고부터 균형 감각이 확연히 좋아졌다. 비록 앞서 말한 조용한 소란과 일체 무관한 일상을 누리는 건 아니지만 컨디션을 그나마 좋게 하기 위한 방법이랄까. 건강한 한나절을 능동적으로 사용할 수 있도록 돕는 일종의 링거액 같은 역할. 많이 걸은 날은 작은 동작에도 역동성이 생긴다. 나는 환자마다 치료에 있어 다른 접근법을 취할 필요가 있다고 생각한다. 걷기는 내게 보톡스나 그 어떤 약물치료보다 더 효과적이었다.

뇌의 질병은 사람마다 다른 양상으로 나타나고 조금씩 다르게 진행된다. 서닝힐 병원의 신경과 의사 조디 C. 펄Jody C. Pearl은 환자는 천편일률적인 교과서가 아님을 강조한다. 모든 환자는 다르다. 따라서 X라는 병에 대해 반드시 X라는 약을 처방해야 한다고 말할 수 없다는 것. 환자 역시 가만히 앉아 병이 자신을 잠식하게 두기보다 여러 치료적 접근들에 개방되어 있어야 한다. 관습적인 치료를 피해 무조건 새로운 무언가를 찾아 나서라는 게 아니다. 설사 손쓸 방법이 없다는 진단을 듣는 막다른 골목에서도 작은 것에서부터 한계를 밀고 나아가는 마음가짐이 중요하다는 의미다.

물론 이러한 태도를 갖기가 얼마나 어려운지 우리 모두는 잘 안다. 섣부른 희망을 가질 바에야 낙담과 비관으로 스스로를 채찍질하며 의연한 척 구는 게 훨씬 쉬운 일이고, 더 나빠지지 않기만을 바라며 현재의 패턴을 지키는 것만으로도 충분히 버겁고 바쁜 하루다. 지금 상태를 잘 유지하는 것. 나도 그것을 목표 삼아 지난 15년을 견뎌왔고 앞으로도 그럴 것이다. '유지'라는 단어 안에 얼마나 많은 끈기와 인내와 사무침과 노동과 비용이 소요되는가. 지금 여기, 이 상태를 지켜내기만큼 아득한 일도 없다. 그럼에도 불구하고 이를테면 근육병을 안고 살아가는 환자가 자신의 내적 감각을 깨워서 어떻게 몸을 움직일 때 더 편한지, 어떻게 해야 통증이 그나마 완화되는지를 자각하는 것은 굉장히 중요한 작업이다. 오직 자신만이 누군가에 의해 해석될 필요 없는 고유한 자기를 체험할 수 있고, 질병에 몸이 어떻게 반응하고 있는가를 갖가지 측면에서 뜯어볼 수 있으며, 이를 통해 질병을 이해하는 것을 넘어서서 스스로를 조절하고 개선할 수도 있기 때문이다.

우리는 우리를 더욱 자세히 들여다보고, 질환 용어나 의학적인 답 안에 자신을 가두어 두고 바라보려는 순응적인 태도에서 잠시라도 벗어나야 한다. 그리고 그게 얼마나 자유로운 시긴인지 깨달아야 한다. 내가 처음 웰든 크라이스Dr. Moshe

Feldenkrais를 접하고 소매틱Somatic 학습과 마주했을 때 나는 이 자유를 처음 경험했다. 이제껏 나는 병원에서 내려진 진단 그 이상의 것을 내 몸에 보태려 하지 않았다. 나아지리라고는 절대 기대하지 않았고(기대는 내게 금지어였다) 신약을 기다리는 일 외에는 할 수 있는 일이 없다고 생각했다. 그러나 불필요한 긴장과 힘을 덜어내고 짧은 순간 편안함과 안정을 맛보았을 때, 나는 자각의 과정이 내 몸을 이전과는 다른 몸이 되게 할 수 있음을 깨닫고서 하늘을 나는 듯이 가벼워졌다. 밤이면 더 깊은 잠을 잘 수 있었고 걷거나 움직이는 모든 순간 동작과 호흡의 일치를 경험했다. 나와 관련된 모든 행위에 대해 이전보다 명확히 그리고 통합적으로 재인식했다.°

펠든 크라이스 메소드의 기초이자 핵심 자세는 바디스캔

° "자각은 자신을 의식하는 상태, 자기 행동에 대한 관찰로서 (…) 자신과 관련된 모든 행위들에 대해 이전보다 분명히 그리고 통합적으로 재인식하는 것을 말한다." (김성태, 「연기 훈련을 위한 몸의 인식과 자각과정에 관한 연구」).

Body Scan이다. 모든 동작 전후로 바디스캔이 이루어지는데, 등을 바닥에 대고 누워 몸이 지면에 어떻게 닿아 있는지를 관찰하는 것이다. 먼저 바로 누워 발끝의 방향을 알아본다. 천장을 향해 더 솟아 있다고 느끼는 발이 어느 쪽인지 반대로 어느 쪽 발이 바닥 쪽으로 눕혀져 있는지 비교하면서. 그리고 천천히 위로 훑어 올라가 종아리, 무릎 뒤의 공간, 대퇴부, 천골과 골반, 등의 넓이, 어깨에서 귀까지의 거리, 늑골, 목의 공간, 뒤통수까지 느끼며 지면과 몸의 관계를 자각해나간다.

단순히 넓고 좁게 맞닿아 있다는 것을 떠나 딱딱하거나 긴장이 있는 부위가 어디인지도 (가능하다면) 알아본다. 호흡을 느낀다. 숨을 막는 부위가 있는지, 있다면 어느 부위인지, 호흡이 아랫배 깊숙이 내려가는지 탐구한다. 바닥에 내려둔 양팔과 팔꿈치 그리고 손등도 마찬가지다. 여기서 가장 중요한 일은 지금 자신의 몸을 있는 그대로 알아보는 것이다. 자각된 요소들을 받아들이는 순간부터 변화가 일어난다.

처음 레슨을 받을 때는 상체 전면의 강한 수축감 때문에 목에서 가장 먼 곳, 발끝이나 종아리 외의 다른 부위는 전부 멀고 자욱하게 느껴졌다. 부위별 감각을 느끼는 게 불가능했고 목이 너무 크고 강하게 자각되어 몸 전체가 '목'이라고 느껴질 정도였다. 떨림을 잘라내고 싶어. 그러나 잘라내면 나는 죽겠지. 눈을 감았다. 두 손을 모아 기도하고 있다고 생각했다. 그래, 이걸 몸의 기도라 부르자. 마음을 열어 마음 안에 있는 하나님의 원하심을 발견해내듯이 흔들림에 스며 있는 상처와 소란을 털어내고 차차 하나하나의 부위들과 가까워져 보자. 옆으로 누워 양손바닥을 맞비비는 어깨 이완 동작은 몸 안에 무성한 무너진 선로를 복구하는 일 같았다.

나는 동작을 반복할 때마다 궤도를 부설하며 선로를 분기시켰다. 절커덕절커덕 움직이던 팔이 부드러워졌다. 안정적으로 선로 위를 내닫는 것은 팔뿐만이 아니라 몸 전체였다. 마침내 내가 목으로 닿아가 흔들림이 아닌, 온전한 나의 목을 느낄 수 있기까지는 두 달이라는 시간이 필요했다.

레슨을 받는 동안 상대적으로 편안한 오른쪽 몸의 이미지에 몰입할수록 곧 몸 전체로 편안함이 확산되는 것을 발견했다(그렇게 편안한 오른쪽을 명확하게 인식시키고 불편한 왼쪽에 적용시켰다). 췔든 크라이스는 신체의 불편한 쪽을 일깨워주는 건 수업을 인도하는 자신이 아니라 신체 가운데 편안하게 움직이는 쪽이라고 말하곤 했단다. 나는 절대로 통합할 수 없을 것 같던 몸의 부위들을 연결하는 방법을 터득했고 그때그때의 내 몸과 교류하기 시작했다. 몸의 고장 난 부위들과 그 통증에 압도되는 것에 저항하며 내 몸이 어디에 있고 어떻게 움직이고 있는지 느끼는 감각이 좌우간에 흐려지지 않도록 세심히 주의를 기울였다. 소마Soma로서의 나°, 측정되고 객

° 소마는 개인이 내부에서 1자의 관점으로 인지한 몸, 나 자신이 스스로 인식한 '살아 있는 몸'이다. 대부분의 사람들에게 소마 관점은 매우 낯설다. 왜냐하면 우리는 외부에서 바라보는 관점, 즉 3자 관점이 1자 관점보다 더 익숙하기 때문이다. "오

관화되는 대상으로서의 나가 아니라 내가 느끼는 나. 나만이 알 수 있고 나만이 표현할 수 있는 나로 나아간 것이다.

른쪽 어깨가 왼쪽 어깨보다 높네요", "다리 길이가 다릅니다", "측두하악관절이 틀어지면 두통이 발생할 수 있습니다" 이렇게 제3자가 나를 보면서 평가한 몸, 전문용어가 들어간 진단 등은 모두 3자 관점이다. (토마스 한나, 『소마틱스』)

바닥을 믿는다

바로 서서 발바닥으로 지면을 지그시 누른다. 체중을 오른쪽 왼쪽에 번갈아 실어본다. 어깨와 가슴, 목에 쌓인 떨림을 체중 이동을 하는 동안 발바닥으로 다 흘러내리게 둔다. 어떤 떨림은 후드득 쏟아진다. 바닥을 믿는다. 바닥은 나를 무한히 받쳐줄 수 있다. 소마틱 교사는 말했다. "의식적으로 통제하려는 나와 무의식적으로 표현하려는 나가 있습니다. 무의식적으로 표현하려는 나를 좀 더 해방시켜 주세요."

지속

통증.

달아나려고 하면 더 뾰족이 촉을 세우고, 뺨과 배와 손바닥 모든 살갗 안쪽을 꿈틀거린다. 움직이려고 하는 나를 압박하고 사로잡아 다시 밀어내고 뿌리치기를 반복하는, 통로를 주지 않는 이중의 속박. 통증이 올 때 나는 다른 흐름으로 침투한다. 내 힘으로 만들어 낼 수 없는 흐름에 스며져 단절된 몸을 이끌어간다. 흐르는 사람들을 바라보고 흐르는 [illegible]을 듣고 흐르는 슈만, 밀턴과 흐르는 베르트 모리조, 흐르는 벤야민, 흐르는 루퍼스 웨인라이트와 당신에게 귀를 기울인다. 나는 수많은 흐름들에 달라붙어서 흐름들에 의거해 지속성을 만든다. 때때로 나의 하루는 절망의 답은 용기라고 말하는 톨러와 함께 견뎌진다. 인비올라타 마을의 다정한 이웃 라짜로와 주변부를 유랑한다. — 그리고 언제나 이다의 손을 잡고 집으로 돌아온다.

열리는 입술, 나는 흐르는 바깥으로부터 나에게 간다. 비로소 길은 열리고 확장된다. 사방의 내가 흐른다. 영화 속 다른 얼굴들. 질박한 그릇을 닮은 얼굴, 침묵이 집적된 얼굴, 넘어져 펄떡이는 얼굴, 은밀히 불거지는 얼굴, 어떠한 얼굴도 없는 얼굴(그 어떠한 슬픔도, 황금빛도), 술어만 남은 얼굴, 관념을 거부하는 얼굴, 투쟁하지만 부정당하는 얼굴, 광기의 애처로운 얼굴, 불똥, 탄생, 나신, 혀의 얼굴. 인물이 빠져나가도 사라지지 않는 지각의 얼굴, 화면 틀 안팎의 소진되지 않는 얼굴들이 나의 얼굴과 교차된다. 영화는 행동에서 다른 행동으로의 횡단이요 유동과 관계하는, 유동성을 배태하는 내 몸이다. '저기'라는 방식 속에서 지속의 경험을 노닐기.

다른 일상°

가끔은 편안히 뭘 먹고 싶어요. 길거리에서 전도하면 커피 이런 거 나눠주시는데, 받아 마시고 싶어도 떨리는 손 때문에 저걸 주면 어떻게 받지 생각하다 그냥 지나쳐요. 마트에서 계산할 때 카드 내밀고 받는 것도 신경 쓰이구요. 직장에서 밥 먹을 때 먹고 싶은 반찬 못 먹고 어쩔 수 없이 안 먹거나 조금씩 깨작깨작해요. 카메라가 찍고 있는데 방송에서 먹고 있는 사람들 보면 부러워요. 저렇게 편히 뭔가를 먹을 수도 있구나. 정말 먹고 싶은 거 못 먹을 때가 많잖아요. 어제는 초밥 먹는데 간장도 못 찍고 그냥 먹었어요. 맘 편히 젓가락질하고 싶어요. 이런 얘기 정말 저 혼자 속으로만 했었는데 꼭 금기어 말하는 기분이 들 정도로……. 어떨 땐 숨이 막혀요. 주먹

° 디스토니아와 진전증 환자분들이 서로의 경험을 나누면서, 서로에게 기대면서 '저도 그래요'라는 말로 시작한 댓글을 그대로 이어 붙였다. 게시물 제목은 '가끔은 저랑 비슷한 분들과 편안히 뭘 먹고 싶네요'와 '미용사들한테 웃음거리가 됐습니다'였다.

을 펴야 하는데 안 펴지는 꿈을 꿔요. 무거운 걸 들고 나면 커피도 못 마셔요. 뷔페 가는 게 제일 싫어요. 결혼식 같은 데 가서 뷔페식이면 그냥 나와요. 카톡 하는 것도 느리고 해서 그냥 전화하는 게 편하구요. 약 먹으면 확실히 덜 해지긴 해요. 어제 혼자 설렁탕 먹으러 가서 김치 자르는데 손이 덜 떨리니까 묘했어요. 오른쪽으로 목이 돌아가서 그 상태로 머리를 자르는데 어떤 미용사가 엄청 웃더군요. 저보고 덕분에 잘 웃었대요. 미용실 갈 시기 됐는데 이 글 보니 겁나네요. 남의 고통 가지고 웃음거리로 삼나요. 뭘 덕분에 웃었다는 건지 미친 것들 한둘이 아니네요. 저는 미용을 해요. 다행히 수전증이 심하질 않아서요. 고객 중에도 저 같은 증상 있으신 분이 계신데 내색은 못하고 마음도 참 아프고 그분이 행여 불편해할까 봐 아는 척은 못 해요. 그걸 그냥 놔두고 오셨어요? 저 같으면 뒤집어 놓고 오겠어요. 제가 싸우다 혈압 터져 쓰러지는 한이 있어도요. 병도 병이지만 평범한 사람들은 아무 생각

없이 기분 전환하러 가는 곳을 우리는 얼마나 많은 두려움에
사로잡혀 가나요

우리

10년 전부터 온라인 소통망을 통해 디스토니아 환자들과 대화를 나누고 있다. 의학 정보를 교환하고, 미용실에 다녀온 서로를 위로하고, 약에 의존하지 말자고 격려하고, 약속 시간이나 면접 시간이 가까워져 올 때 마음을 파고드는 온갖 두려움을 토로하기도 한다. 우리는 그곳에서 누군가의 짐이 되지 않고도 절망을 말할 수 있다는 사실에 커다란 위안을 받는다. 청심환을 날마다 먹을 수도 없고 미쳐버리겠다는 말과 마음 놓고 울어보고 싶다는 말, 인간으로 취급받고 싶다는 말을 마음껏 꺼낸다.

우리는 의학적 용어 안에서 동일시되지 않기 위해 질병으로 인한 삶의 변화, 여러 층위의 상실감과 혼란들을 표현할 새로운 말을 찾기 시작했다. 떨림과 경직을 견디는 삶이 어떻게 마음을 진공 상태로 만들어버리는지, 국그릇에 코를 박고 식사를 할 때마다 얼마나 맞은편을 바라보고 싶은지, 학교와 직장에서 크고 작은 편견에 내둘릴 때 어떻게 대처하는지, 그리고 스스로가 돌봄이 필요한 존재라는 사실에 대해 어떻게 생각하는지 읽고 쓰고 나누기를 반복했다. 그 소통은 길어야 5분인 진료 시간에서 떨어져 나간 말들을 줍게 하고, 나의 것이기도 한 다른 사람의 이야기를 듣게 하며, 나의 상처가 발견해가는 타인의 상처를 통해 서로의 잃어버린 목소리를 회복하도록 인도해줬다. 쌓여 있던 이야기를 몇 줄의 게시물에 요약하는 동안, 나는 낯설지만 맞은편이 있는 의자에 잠시라도 앉아볼 수 있었고 고립된 구획에서 벗어나 고독 속에 숨지 않게 됐다. 서로를 특별하고 대수롭게 여기며 개개인의 현재를 가급적 많이 들으려고 애쓰는 사람들과 우리라는 단어를 당겨왔다.

잔인한 존중

장애의 모델을 위기 극복형으로 보는 사회의 경우 장애인을 향한 존중을 갖고 있기는 하나 건강한 사람들의 능력치에도 개인차가 있는 것처럼 장애인 역시 무조건적으로 극복하려는 의지만으로 능력 바깥의 일을 해낼 수 없다는 사실을 간과한다. 그들은 몸이 아픈 장애인은 용납하지만 의지가 약한 장애인은 용납하지 않는다.

"고작 이런 걸로 흔들리면 일 못 해. 이겨내." 이런 말들은 우리에게 장애인이기 때문에 흐트러져서는 안 된다는, 장애인이기 때문에 무조건 뛰어넘어야 한다는 불온한 강박관념을 갖게 한다. 겨눠진 높은 초점. 그것은 무시와 냉대를 포함한 여러 차별만큼이나 얼마나 많은 폐쇄성을 만들고 있는가.

가볍지 않은 경증

경증 장애인들은 증상이 눈에 도드라지지 않다 보니 크고 작은 오해를 떠안게 된다. 그 오해가 가장 흔하게 발생하는 곳은 노약자석이다. 얼마 전의 일, 봉사 때문에 종로까지 가는 전철 안이었다. 맞은편 노약자석에 앉은 50대 후반쯤 되어 보이는 여성분이 나를 언짢은 눈길로 응시하는 게 느껴졌다. 구석구석 훑어 이 자리에 앉아 있어도 되는 사람인지를 재 보는 시선이었다. 그런 눈길이 부담스러워 나는 핸드폰으로 시선을 떨구었다.

얼마 안 가 그녀는 앞에 서 있던 한 남성분을 향해 혼잣소리처럼 말했다. “그냥 앉아.” 빈자리가 하나 있었지만 남편으로 보이는 분은 미동도 하지 않았다. 내가 타기 전부터 서 있던 자리에서, 뭔가를 계속 읽고 있었다. “그냥 앉으래도. 노약자석이라 못 앉는 거야?” 그녀가 물었고 “됐어.” 남편분이 짧게 대꾸했다. 세 정거장쯤 지났을까. “아가씨, 지금 어른이 서 있는데 안 보여?” 어조에 잔뜩 날이 서 있었다. 놀란 나는 고개를 들었다.

여성분은 그사이 내 앞에 와 있었다. 곧 한 발 더 밀고 들어와, "여기 노약자석이라고 써진 거 안 보여? 요새 학교에서는 노약자석이 뭔지 안 가르치나?"라고 덧붙였다. 우뚝한 허리였다. 아파서 앉아 있는 것이라고 설명하려 했지만 목소리가 채 나오기도 전에 여성분은 몰강스럽게 소리를 내질렀다. "노약자석 의미를 몰라?" "아…… 아, 알아요." 지금 뭐 하는 거냐고 막아선 사람은, 남편이었다. "대체 아가씨한테 무슨 짓이야?" 기겁한 얼굴이었다.

그렇잖아! 만류에도 한 옥타브 솟구친 목소리. 숨이 턱 하고 막혔다. 설명이 잘 나올 리 만무했고 말의 허리가 부러졌다. 간간이 몇 단어들을 흘려보냈다. 한국어가 유창하지 않아 힘든 것처럼. 주섬주섬 복지카드를 찾는 사이에도 거센 울림이 귓가를 스치고 있었다. 무슨 내용인지 더 이상 귀에 들어오지 않았다. 노약자석의 의미, 내가 그것을 잊어본 적이 있던가. 오해를 풀어야 했으므로 복지카드를 내밀었다. "제가 아파서……" 역시 경직 때문에 말끝을 밀어낼 수가 없었다. 그러나 여자분은 알게 뭐냐는 표정으로, 말 그대로 어이가 없다는 듯 실소를 흘렸다. "됐어요." 복지카드를 쥔 손이 허공에서 불안하게 흔들렸다. 가슴이 세차게 뛰었다. 뭐가 됐다는 건지 알 도리가 없었다, 갑자기 몸서리가 쳐졌다. 눈물이 재바르게 고여 들어 예고 없이 터질 것이었다. 말이 나오지 않는다는 사실에 나는 사뭇 슬픔을 느끼고 있었다. 숨을 몰아쉬었다. 어떻게든 느리게라도 의사를 전하고 싶어 질끈 울음을 막았다. "죄송하지만, 제가 몸이 아파서 앉아 있을 수밖에 없어요." 대충 이런 말을 남편분께 더듬더듬 전했던 것 같다. 옆에서 거듭 사과를 하는 남편분을 거들떠보지도 않은 채 그녀는 씨근덕거리며 등을 돌렸다.

길어야 5분이었을 것이다. 역에 내린 나는 우악스러운 손길에 가방을 뺏기기라도 한 모양새로 얼이 빠져 꿈적꿈적 움직였다. 가슴 어딘가를 날카로운 조각으로 그은 듯한 통증이 밀려왔다. 괜찮아. 일부러 소리 내어 말을 해보았다. 괜찮아. 복지카드를 내려다보던 표독한 웃음이 공기로 딸려 들어왔다. 그 짧은 시간 동안 나는 산 사람도 아니고 죽은 사람도 아닌 것 같았다. 출구로 올라가는 계단을 망연히 바라보았다.

"사과하세요."

말하고 싶었다.

다 괜찮아. 마음을 개키는 수밖에 없었지만. 늘 그랬듯이.

사람들은 모를 것이다. 그토록 짧은 설명을 내가 얼마나 하고 싶은지를. 장애가 부끄러워서가 아니라 설명할 힘이 없어서 느끼는 답답한 설움을. "제가 아파요"라는 외마디 대신 병에 대해 분명하게 말하고 싶었던 간절한 마음을.

나는 경증 장애인이다. 중증 장애인이 아니다. 언뜻 스치듯 본 사람들은 누구도 나를 환자로 보지 않는다. 운동을 꾸준히

하지 않으면 안 된다는 것과, 오래 앉아 있으면 목의 중심이 이리저리 기운다는 것과, 자나 깨나 버거운 통증과 부대끼는 근육병을 앓고 있다는 걸 잘 몰라보는 건 어쩌면 당연하다. 나같이 건강해 보이고 어린 아가씨가 노약자석에 앉아 있는 게 누군가에게는 고깝게 느껴질 법도 하다. 그러나 눈에 보이는 게 전부라고 믿고 버릇없는 학생을 혼내듯이 나를 내몰던 많은 사람들……. 그런 일을 겪고 나면 얼마간은 노약자석에 앉아 있는 내내 가슴이 떨린다. 또 누가 말을 걸지 모른다는 불안감에.

수많은 아픈 몸들이 있다. 저마다 다른 양상과 붕괴와 부수어짐 가운데 놓여져, 편견과 접촉하고 편견으로부터 절개되고 편견에 의해 끄집어 드러내진다. 장애의 가장 특징적인 면, 눈으로 드러나는 돌올한 부분만을 헤아리다 보면 각 사람의 고통은 무심코 짓밟힐 수밖에 없다. 고통은 이런 일과 부딪힐 때마다 우리를 고이게 하며 고립시킬 것이다. 차마 적을 수 없는 속상한 일이 삶의 대부분인 우리에게, 방 안 이외에 편안히 쉴 수 있는 공간을 찾기란 얼마나 힘든가. 심한 공황장애로 인해 병원에 가는 길마저 모험이 되고 병마와의 지난한 전쟁 안에서 자해를 택하는 이들도 있다. 자존감이 떨어져 '뭔가를 할 수나 있을까' 하는 두려움 가운데 몸과 마음은 병들고…… 사랑하고 싶건만, 내어주고 싶건만 빛나가는 진심이 너무 많다. 그렇다면 이런 악순환에서 우리를 구해낼 것은 있는가. 배려가 모든 것을 해결할 수 없다는 건 누구나 잘 알고 있다. 그러나 그것 말고 우리가 바랄 수 있는 일은 없다. 환자로 살면서 가장 겁날 때는 무시와 비하를 당하는 순간이 아니다. 누군가 자신이 만들어낸 장애의 기준과 상에 비추어 나의 장애를 바라볼 때. 스스로의 앎으로 편견을 강화하는 사람들을 보면 공포감마저 밀려든다.

복지카드가 있고 없고는 장애의 기준이 아니다. 심신에 아무런 장애도 지니지 않고 살아가는 이는 어디에도 없다. 그럼에도 어떤 사람들은 자신의 삶에 박힌 고통을 타인의 울음과 절규에 교차하기보다 암묵적인 적정선을 긋는 쪽을 택한다. 그게 서로를 위한 일이라는 믿음을 갖고 물러앉은 채 스스로에게 고독을 강요한다. 함께 있으면서도 매개로서의 '여기'에 머물지 않는다. 나의 아픔은 상대를 향한 엄중한 잣대로 지어지고, 너의 기도는 나의 기도가 되지 않는다. 이웃의 상처 안에 머물며 서로의 마음속에서 사는 삶을 추구하지 않는다.

나 역시도 나의 장애만큼 다른 장애에 대해 온전히 알 수 없기에 늘 조심스럽다. 봉사를 다니며 여러 사람들과 만나고 대화의 폭이 확장될 때마다 공감이 얼마나 어렵고 두려운 과정인지 재차 확인한다. 더 많이 사랑할수록 더 많은 한계와 만난다는 사실을 배우고 있다. 사랑하는 이의 아픔 속에서 내가 절대로 헤아릴 수 없는 지점이 있음을 깨닫는 것, 이는 겉치레뿐인 무심히 오가는 말들에서 빈번하게 마주칠 수 있는 소통의 한계와는 다르다. 전희경 선생님은 우리는 단 한 순간도 타인이 될 수 없다고 말한다. 내가 사랑하는 이가 겪고 있는 길고 추운 어둠이라는 담, 그 담으로 나를 끝까지 밀어붙여 사랑하려는 노력만이 진실이기에.

서로에게 무관해지지 않으려는 마음. 그것보다 중요한 게 있을까. 상대방의 아픔을 다 이해할 수 없을지언정 그 아픔에 무심해지지 않겠다는 다짐. 그보다 더 이 사회에 절실한 게 있을까. 지금도 여러 공공시설에서 매서운 편견과 만나면서도 부당하다는 말조차 꺼낼 수 없는 수많은 희귀질환자들이 살아가고 있다. 눈에 보이지 않는 통증과 씨름하는. 그들 앞에서 익명이 되지 말아야 할 우리 사회를 생각한다.

배려 속 편견

그는 복지 혜택을 알아보다 말고 뿌듯해했다. 제 사려 깊음에 못 이겨 설핏 웃으며 말했다. "내가 많이 변했나 봐. 너같이 아픈 애를 만나다니."

물론 그가 다른 일반적인 사람들보다 성심껏 나를 배려해줬다는 걸 알지만 전시장에 들어서서 그림 사이를 누비는 내내 숨서임 집중할 수가 없었다. 그런 말쯤 듣는다고 손해 입을 건 없는데도 나는 나 같은 애를 옆에 둔 그의 성의에 길을 비켜주고 싶었다. 더 이상 대화의 리듬을 회복할 수 없었다. 선한 의도라고 여기면서 모순을 관철시키는 모습에 눈길을 주는 일보다 힘든 것도 없다.

나를 소개하는 자리에서도 그의 시선은 내가 이완을 회복할 수 없을 정도로 차갑게 변했다. 식사를 하다가 분위기에 섞이지 못하고 어언간 오그라져, 원활한 대화를 위해 도움을 청해야 할 때면 그는 네가 말해 하고 다그쳤다. 나는 막막하고 조금은 서글펐다. 흔들림이 몸을 지배하는 즉시 외면당했다. 묻고 싶었다. 우리가 나눈 것들은 우리가 둘이 되어야 돌아오느냐고. 차라리 둘일 때도 정직해질 수 없었냐고. 이런 내 모습이 싫다는 것에.

이 사사로운 거절이 나를 상심에 묶어두는 건 아니다. 다만 편견에 맞서는 일은 갈수록 조심스러워지는데, 많은 사람들이 스스로 배려라고 '믿는', 너그러우면서 지극히 편협한 표현들을 참고하고 있기 때문이다. 거기에 대고 반박하는 우리에게 무안을 주는 경우도 허다하다. "내가 편의를 봐줬는데"로 시작되는 말들. 그들은 장애인인 우리보다 더욱 상처받기라도 할 것처럼 부드러운 응수에 길들여져 있다. 자신이 편견을 갖고 있지 않다는 사실을 드러내듯 큰소리치며, 단정하고 말쑥해진다. 뿌리째 휘두르고도. 우리는 붉어진 얼굴을 감추지 못한다.

공감

얼마나 자주 의심을 받았던가. 어떤 의심은 재확인하기까지 한다. 자신의 생각으로 병이 이해되지 않으면 넘어뜨려 보는 것이다. 병에 대해 검색한 정보를 그대로 대화로 옮겨와, "이렇다는데, 지금은 멀쩡하잖아……", "그만큼 심한 게 아니던데?", "네가 생각하기에 달린 거야". 알고 있는 정보와 조금의 오차도 존재하지 않는 병의 외면을 내 모습에 덧씌우려 든다. 하지만 병의 복잡성은 그런 식으로 확인되지 않는다. 하루에도 몇 번씩 몸 상태가 달라지는 환자의 삶은 매분 매초 자잘한 한계와 만나면서도 어떻게 그 한계에 대응할지 모르는 순간의 연속이다. 해릴린 루소의 말처럼 나는 내 몸의 행위자보다 차라리 관찰자에 가깝다.

가끔은 내가 발음과 목소리를 충분히 제어할 수 있으며 또 그렇게 해야만 하는 게 아닌가 하고 고민했다. 하지만 실제로는 내가 주체적인 행위자보다는 수동적인 관찰자인 것처럼 느껴졌다. 때로는 마음 상태가 엉망인데도 말이 청산유수로 나왔고, 마음이 아주 편안한 상태인데도 말이 원하는 대로 안 나올 때도 많았다. 그래서 나는 아예 내 말하기를 조절하려는 욕심을 버렸다. 그 대신 내 말하기가 나를 통제하는 현실을 받아들이려고 했다.°

본인이 보고 들은 정보와 내 모습에 모순되는 점이 있으면 아랑곳하지 않고 던지는 질문이 첩첩이 이어졌다. 강조하건대 이는 특별한 경우가 아니다. 일반적인 태도. 태반은 무미한 질문과 관심이 공감이라고 믿었다. 공감이란 무슨 일이 일어났느냐를 비틀어 묻기보다 그가 잘 견디고 있음을 묵묵히 바라봐 주는 것인데도.

° 해릴린 루소, 『나를 대단하다고 하지 마라』

이 지경이라서

'네가?' 툭하면 절망감이 번졌지만 내가 살아가고 있는 하루와 쓰고 있는 글 사이의 간격은 정말이지 당연한 것으로 여겨졌다. '네가?' 희망을 쓰는 일이 부끄럽지 않았다. 비웃음 섞인 조롱을 한 번쯤 더 들어도 하루씩 걸었다. '네가 그걸 한다고?' 모르는 사람들에게 의사를 전해야 할 때면 취한 사람으로 오인받기 일쑤인 데다, 얼마든지 자신 있다고 말하면서도 막상 무슨 일이 닥치면 날아드는 공에 맞은 것처럼 어느 틈엔가 나가떨어져 있었다. 그러나 책장을 열고 닫는 일 외에는 아무것도 할 수 없던 밤에도 사랑이 없으면 할 수 없는 일들을 향해 내달리고 있음을 믿었다. 시련에 지지 않았다. 부질없는 푸념을 되뇌기 이전에 더 많이 기도할 수 있음을 감사했다. 끊임없는 기도를 소망 삼아 살았고 마음을 파고드는 멸시와 타박의 말들을 질기게 몰아냈다.

지치는 날은 송영균 씨의 인터뷰를 보곤 한다. 대장암 말기 판정을 받고도 독서모임을 진행하는 그에게 어머니를 비롯한 주변 사람들은 몸이 그 지경인데 무슨 독서모임이냐며 만류한다. 이 말에 대한 그의 대답.

"이 지경이라서…… 오히려 이 지경이니까 무엇을 더 하고 싶지 않나? 그걸 할 때 마음이 편안해지고 기뻐요."

그의 말이 너무 빛나 침묵에서 소스라치게 깨어난다. 이 지경이니까 더 하고 싶은 일들. 내게도 하고 싶은 자그마한 일들이 있다. 가고 싶은 곳도, 드나들고 싶은 영혼들의 빈방도 많다(하나님의 자비 없이는 한 영혼도 부축할 수 없으리). 어떤 순간에도 사명과 따로였던 적 없다. 그러나 오늘 하루의 수련에 착실했는가. 할 수 있는 것을 할 수 없는 마음으로 덮으려 하진 않았는가. 그리하여 주님의 생각보다 항상 한발 늦는 나를 깨닫는다. 회개한다. 아버지여, 주님과 말할 때 나는 가장 평안합니다. 기쁩니다. 나의 노래를 붙들어주소서. 힘을 주소서.

차이

대화를 하고 싶은 이들과 만나면 나의 질병에 대해 최대한 관대한 척 굴기도 합니다. 그래야 상대편이 좀 더 부담 없이 나를 대할 것 같은 거지요. 물론 어떤 편견들은 손볼 수 없을 만큼 힘이 세다는 걸 깨달은 까닭도 있습니다. '그 정도로 뭘' 이라는 식의 장애의 우열을 가리는 시선 속에 묻혀, '나는 아픈 것도 아냐'라는 말로 스스로를 자책했습니다.

〈청원〉이라는 영화가 개봉했던 당시, 그날 영화관에 유독 사람이 많았던 것으로 기억합니다. 영화가 끝나고 상영관에서 나왔는데 휠체어에 앉은 한 남자가 눈에 들어왔습니다. 엘리베이터가 두 번이나 오르내리는 동안 그는 한쪽에 세워둔 그림처럼 멈춰 있었습니다. 우리는 나란히 빈 엘리베이터에 올랐지요. 유리 내부로 넘칠 만큼 햇살이 흘러들어 왔지만 그의 등은 조금도 그 빛을 빨아들이지 못하고 어둑해지고 있었습니다. 잊을 수가 없습니다. 미동도 없이, 외지게, 휠체어를 영원히 돌리지 않을 사람처럼 말이에요.

거기에는 등밖에 없었습니다. 그런데 갑자기 함께 탄 사람 중 하나가 위로랍시고 그에게 영화의 주인공인 마술사처럼 전신이 굳은 건 아니니 다행이라고 툭 중얼거렸다면 어땠을까요? 대놓고 적대적으로 군다거나 없는 사람 취급을 하지 않았으므로 고마워하는 게 맞을까요? 이런저런 심한 상태는 아니니까 괜찮다고 말하는 사람들을 보면 안타까움이 밀려옵니다. 누군가는 장애와 다른 장애 사이에 장막이라도 둘러쳐져 있다고 생각하는지 모르겠습니다. 우리는 세부적인 차이에서 서로의 아픔을 보지 장애의 크고 작음을 비교하지 않습니다. 엘리베이터 안에서 저런 말을 던진 사람은 없었습니다. 그러나 잘 알다시피 오지랖 넓고 우리를 고정된 장애의 상에 길들이려는 말들은 더러 하루나 거를까 매일같이 들려옵니다. 장애의 모습을 까다롭게 골라 적용시키고 있는 것입니다.

"꼭 몸이 아픈 게 아니라도 사람들 모두는 유별나고 다를 수 있어요."

한참 우울증을 겪으며 나의 다름에서 오는 불안감을 가리려고 온몸으로 싸우고 있을 때, 영화 수업을 하시는 교수님이 이런 말을 했습니다. 그날 몸이 좋지 않아 시험지를 거의 백지로 내다시피 하고 마음에 걸려 죄송함을 표현하자 교수님과 대화할 자리가 마련되었습니다. 놀랍게도 사소한 그 말에 꺼진 자긍심이 차차 바로잡히는 기분이 들었습니다. 그래, 사람마다 차이는 다 있지. 공감이란 가족 간에도 말로 다 할 수 없이 어려운 일이잖아. 낯섦을 사랑하고 거기서 오는 감탄을 찾는 것이야말로 해야 할 일이라고 믿어왔습니다. 병으로 인해 원활한 소통이 이루어지지 않는 순간이 더럭 겁을 먹을 게 아닌, 생각의 간격을 좁히지 못해서 겉도는 대화처럼 자연스러운 것이라고 인정했습니다.

"그동안 소통을 못 한 건 수영 씨 탓이 아니에요. 미숙하다고 말하지도 말아요. 모든 걸 자기 탓으로 돌리려고 하기 전에 수영 씨를 비하하는 사람들에게 어떻게 하면 웃으면서 욕해줄지 생각해보는 거예요."

뭐라고 대꾸하지 못하고 가만히 앉아 있었지만 공간이 고스란히 느껴지는 편안함이 일순 찾아왔습니다.

언제까지 이러고 있을 수만은 없다고, 그는 내 손이 제대로 썰지 못하는 토스트를 잘라주며 말을 이었습니다. 겉으로 드러나지 않게 덮는 식으로 사람들 사이에서 편안해지려는 노력은 진즉에 포기했어야 했습니다. 장애를 말하고 나서도 괜찮아질 수 있음을 알면서도 수없는 만남을 놓쳤습니다. 예의 바르지만 냉랭한 얼굴들 앞에 발을 디디려면 용기를 내고 자시고 할 필요도 없이 서로를 위해 에둘러 가는 편이 나았습니다. 대략 한 시간이 흐르면 현저히 기운이 떨어지는 나는, 균형을 끌어 잡기 위해 두 팔을 못살게 굴어야 했습니다. 떨리는 팔뚝을 움켜쥐어 손톱이 비집고 들어간 곳마다 붉은 개미 떼를 닮은 손톱자국이 빙글빙글 원을 그렸습니다. 대화를 풀어나가지 못해서 안절부절못하다가 애초에 하고 싶었던 말들은 사라져버리기 일쑤였습니다. 아픈 사람을 곁에 두는 게 별것 아니라고 느끼고부터는 건조한 기미를 보이며 자취를 감추는 사람들도 있었습니다.

처음으로 무언가를 있는 그대로 나누려고 시도한 상대가 그랬지요. 공부와 여행에 대해 조용히 키워온 나의 꿈을 듣더니 짐짓 시큰둥하게 콧방귀를 뀌며 그런 것쯤이야 당장이라도 할 수 있는 일이 아니냐고 물었습니다. 앞으로 국제기구에 들어가서 복지를 하게 될 거야. 아프리카로 가서 봉사도 해볼 생각이고. 그 친구가 한 말입니다. 그 타당성 있고 조리 있는 계획을 여느 때와 다름없이 들어주었습니다. 방대한 양의 꿈을 줄줄 읊을 때 그저 가만히 앉아 듣는 것도 감지덕지했습니다. 적막감을 견디면서, 때로는 그것에 내 쓸모가 있진 않을는지 위안하며.

우리가 기대한 것은, 너른 장소보다는 정박한 한 사람입니다. 넓은 강가로 질러가기보다 대신할 수 없는 한순간이 귀하고 중함을 아는 사람은 떠나더라도 모진 게 아닙니다. 차이가 만성적 단절과 소외를 만들지 않으려면, 우리는 관계 속에서 살아가야 합니다. 잠시라도 마주앉아 차이가 존중되는 순간을 경험해야 합니다. 사회의 지배적 이미지°는 밝은 눈과 노련한 솜씨로 고통의 자리를 배정하고 장애의 정도를 쉽게 규정합니다. 보지도 못한 것을 멋대로 늘이고 줄이는 선입견을 몰아내고 싶습니다. 있는 그대로 받아들여 주기. 차이를 기뻐하기. 차이의 가능성을 생각하기. 가로놓인 경계선들을 허물면서, 우리는 작게라도 사랑을 풍기는 친구로 살고 싶습니다.

° 사회의 지배적 이미지들은 고립과 힘의 박탈이라는 패턴을 만든다. 우리가 누구인지, 받아들일 수 있는 것이 무엇인지, 우리가 할 수 있는 것이 무엇인지 규정짓는다. "사람들은 인종, 성별, 경제적 계층 등에 의해 대상화된다." 고 말한 Patricia Hill Colins에 의해 사용된 표현이다. Judith V. Jordan, 『관계문화치료 입문』

건네받은 시간

한 시간 반 만에 답지를 겨우 써 내고 집으로 돌아가는 길, 인파가 무람없이 길목으로 흘러들어갔던지라 통증의 무게와 그다지 상관없이 저들과 가볍게 동행하고 있다는 구구한 생각에 젖어든다. 어깨의 틀에 딸린 불안과 슬픔을 걷어치워본다. 하지만 몇 블록 가지 못하고 눌어붙어 아무 벽에나 기댄다. 그 때문에 천천히 걸어도 집까지 20분이면 다다를 수 있는 거리가 줄잡아 두 배는 늘 것이다. 왼편의 근육들에 바람이 일고 보풀이 인다. 비뚜로 되고 이쪽저쪽으로 틀어진 부분을 바로잡아 보려고 해도 안정되지 않는다.

보톡스 경과가 좋아서 글씨가 잘 써지거나 의사 표명이 잘 되는 날에는 지치지도 않고 연방 말을 하긴 하지만 그것도 그때뿐, 언제까지고 평정을 누릴 수 없다. 주사를 맞고 가까운 며칠은 누군가 떨림의 밑바닥에 들어가 비끗한 부위를 맞추어 끼우는 것 같은 느낌을 어쩌지 못한다. 어깨 주위로 몰려들어 유연한 길을 헤쳐나가는 그 돕는 느낌은 거북스럽다.

나는 휘저어지는 고개에 찾아온 균형을 이물질처럼 감내하며 의자에 앉아 있는 것만으로도 진이 다 빠지고 만다. 등이 둥글게 말리는 것을 막는 주시자의 시선이 나를 조종하는 기분이 든다. 찌부러지기도 바로잡기도 어색하다.

집에 도착하자마자 바닥에 가방을 던져놓고 그대로 침대에 몸을 턱 떨어뜨린다. 한참 후 떨리는 손으로 필통을 열었다가 펜들을 죄 쏟트리고 만다. 더는 아무것도 할 수 없는 상태. 뭘 더 쓰려는 걸까. 오른팔이 멍든 것처럼 오목하니 아프다. 답안을 몇 줄로 요약하고 교수님께 죄송하다는 말을 하고 나왔어야 했어. 알고 있었으면서. 분분하게 욕심을 내선 안 된다는 걸. 나는 갖가지 한계와 부딪힐 때마다 마음을 무장하며 어떻게든 전진하려고 했고 그 작은 사투들이 결코 무용하지 않았다는 사실이 언젠가는 내 삶에서 증명되리라고 믿었다. 그러나 지난 주말 어떤 강연회를 들으러 갔다가 들은 말이 맞았다. 내키는 대로 떠나보고 싶고, 공부도 더 하고 싶어요……. 그는 나아가지 못하고 엷게 낀 내 말에 드리운 지 이미 오래인 사람 같았다. 시작점부터 바로잡으란다. 안 되는 걸 자꾸 되게 하려다 오는 처연함 속에 갇히면 누구든 자기 연민에 가슴을 쥐어뜯길 수밖에 없을 노릇이니. 그가 아무리 쏘아붙여도 마음이 아프지 않다는 게 신기했다. 처음부터 입을 다물고 있는 사람이었다. 그는 아무것도 걸잡지 않고 가장 명백한 게 무엇인지를 말해주었다.

더 희미해질 필요는 없다는 듯. 그럼 됐죠. 쓰고 있으면 된 거예요. 강연회라는 자리는 늘 만남의 일회성을 담지하기에, 마지막을 염두에 두고서만 대화를 나눈다는 그의 말. 그에게 무언가를 읽게 해주겠다고 말하는 나는 깃들일 곳을 엿보고 있었다. 그래서 그걸로 끝일 순 없었다. 투명한 마주봄이 우리를 오종종 건너왔다. 동그랗게 묶은 끝인사만 건넸다. 이제 자꾸 미룰 것이다. 그를 감싸고 내 말을 듬뿍 들이다가 메아리에 그치고 싶다.

가끔 발성이 어려워 입가를 간당이는 단어가 맥없이 떨어질 때면 그는 그것을 건너짚지 않고, 곧바로 선뜻 나아가지도 않고 책장을 톺아보는 듯하다. 틀림없이 모든 읽기를 좋아하는 얼굴을 하고 엉거주춤 헛나감을 겪는다.

강연장 밖을 나오자 당신이 보였어요. 당신은 질의응답 시간에 질문을 퍼붓던, 말재간이 여간 올찬 한 학생과 대화를 나누고 있었죠. 난 거기서 나를 봤어요. 모르겠지만 그거야말로 당신이 내게 준 답변이었는지도요. 몇 발짝 물러나 두 사람의 이야기가 끝나기를 기다리는 동안, 당신은 물러서 있는 나를 의식하지 않은 채 그 학생에게 지적하고 있었죠. 말을 해. 넌 지금 네 생각이 없는 말만 늘어놓고 있어. 그래서 네가 하려는 말이 뭔데? 말, 그래요, 말.

그 학생이 당신에게 건네받은 시간이 내가 한 번도 발 디딘 누군가로부터 바투 잡지 못한 시간이라는 걸 민망스럽게 깨달았죠. 나는 그 학생이 된 양 시시콜콜 물고 늘어져 당신의 옷소매를 쥐고 놔주지 않는 스스로가 창피했어요. 당신이 무슨 얘길 들으려고 하는지 더 알고 싶지 않아 비켜섰어요. 광화문으로 가는 거라면 그곳에 내려줄 수 있나 물어볼까 하다가 결국 그러지도 못했던 게, 이미 열변을 토한 직후였잖아요. 당신과 악수하는 동안 난 언어를 독식한 스무 살이나 다름없었어요. 차가 골목으로 사라지는 걸 보고서야 마음이 놓였지요. 그 학생, 그새 어딜 간 건지 보이지 않아서 정말 내가 아니었는지 이슥히 되물어보다가 남겨진 허물처럼 버스에 올랐습니다.

여기가 아닌 어딘가의, 가깝거나 상상할 수도 없이 먼 곳의 당신이 스민다. 그렇대도 아직 내게는 안겨지지 못한 당신. 이렇게 또 말하게 되는 건가요. 여태껏 숨어 자란 모든 글이 편지라는 사실을.

그런가 하면 만남이 흐려지고 하루씩 떠나도 편지할 말은 더욱 많아지지요. 나는 그게요, 좋아요. 참 좋았어요. 그이는 알 수가 없죠. 자신이 내 발을 끌게 할 만큼 홀홀 가벼운 발을 가진 사람이란 걸. 내가 그에게 다가가지 않는 한 말입니다. 일단 사람은 하고 싶은 게 있으면 덤벼들어야 한다고 이야기하는 게 통쾌해요. 나는 "말"을 하고 싶은데 당신이 말한다는 것, 당신이 내 말의 선택 속에서 시를 본다는 건 놀라워요. 그건 늘 망각되는 말들인데 거기서 아름다움과 진실을 보죠. 긴 긴 말로 우뚝, 당신 곁이에요.

제가 들리세요?

그 강의 소개서는 이렇게 시작되고 있었다. '우리는 다른 사람이 된다는 게 어떤 것인지 결코 상상할 수 없다. 그래서 진부한 공감이나 섣부른 이해보다 다른 사람의 언어와 역사를 잘 듣는 것이 그 사람과 함께하는 최선의 방식이 된다.'

사람과 함께하는 최선의 방식이 듣기라고 말하는 수업. 매 시간 각기 다른 주제의 글쓰기를 통해 자신의 무의식에 다가가고, 그 과정을 다른 사람과 나눈다는 수업. 첫 수업에서 수강생들은 서로의 옆자리에 앉은 사람을 대신 소개했다. 나를 들은 여자의 말에 따르면 나는 이 강의가 경계선이 없는 것 같아서 수강신청을 했고 흑백 영화를 좋아하며 특히 파벨 포리코브스키 감독을 좋아하는 신학 전공자였다. 그날의 나는 평소와 다르지 않았다. 감독의 정확한 이름과 태생, 영화의 줄거리와 시대적 배경 등을 기억에서 번뜩 꺼내거나 매끄럽게 설명하지 못했다.

무언가를 전달할 때는 언어가 필요하다. 누군가를 알아가기 위해 가장 먼저 할 일도 그 사람이 하는 말을 듣는 것이다. 그러나 상태에 따라 한마디 말을 내뱉기도 힘든 질병을 가진 사람에게, 교감할 수 있는 어떤 장기적인 관계도 결여된 사람에게 언어는 가장 생경한 비언어가 된다. 나는 대화가 높이뛰기보다 어렵다. 특히 갑작스럽게 시작되는 대화는 아무것도 준비되지 않은 무방비 상태에서 구성적으로 완벽한 발표를 하라고 요구받는 느낌이 든다. 말은 언젠가부터 몸짓과 손짓, 표정 따위보다 더 불분명한 매개체가 되어갔다. 들리는 말을 잃었다. 좋은 것에 대한 이유를 묻는 질문 앞에서 혼돈스러워졌고, 오작동하는 기계처럼 얼어붙었다. 객관적 정보에 기대어 설명하고 표현하는 체계와 능력을 잃어버린 것 같았다. 좋으면 좋은 거고 예쁘니까 예쁜 거지. 그런 식의 단순하면서도 투명한 답에 익숙해졌다.

그런 대답이 특별히 싫지도 않았다. 처음에는 아무도 자세히 물어봐 주지 않아서였지만 조목조목 앞뒤가 들어맞게 의사를 표현하는 게 어려워지면서 차라리 입을 다물고 있는 게 안전하고 편안하다고 생각했다. 나는 하루의 대부분을 침묵 속에서 보내는 편이었고, 그건 혼자 있는 시간이 많아서라기보다 입 몽우리에 말을 틔울 수 없어서였다. 누군가와 함께 보내는 시간이 아무리 길어져도 그에게 처음 말을 건네는 것처럼 불편해했고 어딘가를 반복적으로 방문해도 한 번도 그 공간에 익숙해지지 못했다. 나에게는 익숙함이라는 상태 자체가 결여되어 있다. 몸은 공간과 사람으로부터 나를 분리시켰고 모든 것을 다 처음처럼, 처음 보는 사람처럼 낯설게 만들었다. 한 번만, 아, 내가 편안하게 앉아 있구나. 내가 이 사람과 있는 시간이 편하구나. 이런 걸 느껴보고 싶었음에도.

파킨슨 환자들이 먼저 말을 걸거나 새로운 동작을 시작하는 일에 어려움을 겪는 것을 몇 번 본 적 있다. 내 병을 잘 알지 못하는 누군가는 의구심을 달며 병의 증세가 아닌 태도의 문제가 아닌지 검열해보라고 했다. 어디서나 무심해 보이고,

예의를 모르는 사람 같고, 비참여적이라는 거다. 그런 지적에 죄책감이 들거나 상처를 입기도 했다. '그렇게 보이는' 몸을 바꿀 수 없어 답답했고 그럴수록 무언가를 교정해야 한다는 강박에 시달렸다.

강의실에 앉아서 들었다. 내가 모르는 언어로 가득 찬 대화들을. 그리고 집에 돌아와 그들이 나누던 대화를 복기하곤 했다. 영화 〈우리는 같은 꿈을 꾼다〉의 마리어를 떠올리며. 책상 위에 굴러다니는 펜 몇 개를 양손에 쥐어 잡고 수업 중에 수강생들이 했던 말들을 흉내 내보는 거다. 저는 정신병에 대한 편견이 없어요. 그 애 방 침대에 누우면 십자가가 보여요. 내가 그 사람을 정말 죽이고 싶은가, 생각해봤어요. 그러나 영화의 주인공인 마리어와는 다르게 나의 기억은 난장판이었다. 마치 특정한 형태나 색채를 잡아내듯 인상적인 몇 마디를 기억하기는 했지만 결코 대화 전체를 기억하지 못했다. 사소한 것을 뚜렷하게 잡아내면서도 전체적인 대화를 파악하거나 들을 수 없게 된 건 오래전부터였다. 단순히 귀가 잘 들리지 않아서일까. 이런 증상이 왜 나타나는 건지 알다가도 모를 일이었다. 몇 번씩 이 말이 아니었나 하고 돌아가고 돌아가다 보면 전혀 다른 엉뚱한 대화들이 다리를 놓고 있었다. 괴이하고 우스꽝스러운 연극을 만들어내다가 풀이 죽은 나는 요가 매트 위에 대자로 누워 두 눈만 끔뻑거렸다.

주어진 20분이라는 시간 동안 아무것도 미리 준비하지 않은 상태에서 글을 써야 했다. 자기 검열과 계산을 완전히 배제할 수는 없겠지만 그것을 최소화한, 스스로의 무의식을 들여다보기 위한 글쓰기였다. 선생님은 백지를 놓고 망설이고 있는 수강생들을 향해 지금 우리는 글쓰기 수업이나 합평을 하고 있는 게 아니라고 상기시켜줬다. 한 주마다 주제가 바뀌었고 즉석으로 쓴 것을 읽고 대화하는 순서였다. 첫 번째 주제는 불안이었다. 나는 둘로 나뉜 것 같은 몸의 상태에 대해 이야기했다. 이완과 수축을 반복하는 몸. 그런 몸의 불안정함은 마음의 평정을 방해할 수밖에 없었다.

가장 쓰기 어려웠던 주제는 우울이었다. 우울에 대해 쓰고 싶지 않았던 것은 아마도, 우울을 꺼내면 두려움이 되기 때문이리라. 두려움을 잊어버리고 있기 때문에 그런대로 살아가고 있는 것인지도 몰랐다. 일주일 내내 우울에 대해 생각은 했지만 쉽사리 첫 문장을 밀어낼 수 없었다. 주위를 둘러보니 줄줄이 이어지는 글자들이 보였다. 나눌 수 있을 만큼만 쓰셔도 돼요. 빠르게 움직이는 수강생들의 손끝을 건너다보며 어째서인지 마음이 곤두섰다. 나눌 수 있을 만큼의 불안과 나눌 수 있을 만큼의 우울을 가름 짓는 일이 가능하긴 한 걸까. 부르는 순간 창살을 쏜살같이 뚫고 나갈 것만 같은 격심한 감정들이 있는데.

숨을 크게 들이마시고 후우우 뱉었다. 그렇게 숨을 쉬기를 여러 번, 수강생들의 자판 소리를 들으며 눈을 감았다. 몸이 살짝 오른쪽으로 기울어졌다. 폭이 좁은 배를 타고 강물을 떠내려가는 기분. 강물을 따라 조금 더 길게 내려가자 늘어진 나뭇가지가 보였고 이내 한 사람의 슬픔이 멀리 보이는 단층집들처럼 드러났다. 그녀의 얼굴은 매끄럽고 하얀 돌, 그래, 모서리가 삭아 내린 윤곽선으로 이루어져 있었다. 반만 떠지다가 다시금 감기며 눈꺼풀은 빠르게 떨리고 있었다. 일어선 파도를 덮어쓴 것처럼, 파도 속에서 간신히 밀어 올린 얼굴이 드러났다. 501호의 문은 열려 있었다. 마침 수술받은 지 한 달이 지난 환자가 입원 중이니 만나보면 좋을 것 같다는 의사 선생님의 권유였다.

그녀는 가쁜 호흡을 내쉬고 있었다. 자지러지게 울다가 자기 울음을 주체하지 못해서 몸을 떨 때 나오는, 거칠고 서럽고 아이의 것 같은 숨소리였다.

수술 전보다 배는 나아진 거예요. 어머니가 대신 입을 뗐다. 작년 12월부터였어요. 잘 지내다가, 직장 생활도 잘하다가 어느 날 눈을 깜빡이더라고. 눈을 너무 깜빡여서 틱인 줄 알고 한의원, 안과도 가보고 정신과도 가보고. 근데 진전이 자꾸 되더라고. 그 뒤로 눈으로 오고 혀로 오고 목으로 오고 가슴, 횡격막 쪽까지 수축이 오니까…… 숨이 안 쉬어지는 거지. 6개월 만에 그만큼 심해져버렸어요. 마흔의 나이에 찾아온 메이그 증후군meige syndrome(입턱 근긴장이상)이었다.° 그녀는 자신의

° 디스토니아는 팔, 다리, 몸통, 목, 눈꺼풀, 얼굴, 성대 등을 비롯한 신체 어느 부위에서나 발생할 수 있으며 발생 부위에 따라 다양한 진단명이 붙여지지만 이 역시 디스토니아라는 커다란 질환군에 포함된다. (자료: 미국 근긴장이상증 학회)

	단일 부위
국소성 (Focal)	눈꺼풀(blepharospasm), 입(oromandibular dystonia), 목(spasmodic toricollis), 성대(laryngeal dystonia), 팔(writer's cramp), 혀(lingual dystonia)

침대 언저리에 나를 앉히고는 뼈대가 훤히 드러나는 손을 뻗어 올렸다. 그녀의 서글픔이 어깨를 다독거리는 손가락에서 전해지는 것 같았다. 선택권이 없었어. 약도 보톡스도 전혀 안 들었어. '너무 힘들어지면 수술해야지', 이게 아니라 수술이 유일한 방법이었어요.

수술을 받는다고 해서 완치가 되는 것은 아니라고 그녀는 이어 말했다. 물론 잘 알고 있었다. 좋아지는 경우도 있지만 기대만큼의 차도가 나타나지 않는다거나 통증과 이물감 등

분절성 (Segmental)	두 개 이상의 인접 부위 눈꺼풀연축 + 입턱 근긴장 이상, 입턱 근긴장 이상 + 연축성 사경(craniocervical dystonia)
다초점성 (Multifocal)	두 개 이상의 인접하지 않은 부위 눈꺼풀 연축 + 팔다리 근긴장 이상
반신성 (Hemidystonia)	한쪽 부위의 팔 다리
전신성 (Generalized)	다리, 몸통과 다른 부위

의 불편을 호소하며 가슴에 심은 배터리를 빼내는 환자들 역시 많았다. 이게 최선책이라는데 어쩌겠어. 볼륨을 줄인 것처럼 목소리는 서서히 엷어지고 있었다. 디스토니아가 그녀에게서 말을 통째로 도려낸 이후 그녀는 심각한 우울증을 앓았다. 사람들과도 만날 수 없었고 만나도 할 수 있는 말이 없었다. 되돌려 받지 못한 침묵들이 그녀 주위를 아연히 어른거렸다. 마주 보지 않아도 보이고 말하지 않아도 들리는 말. 우리의 눈길은 허공에서 부딪혔다가 금세 흩어졌다. 좀처럼 겹쳐지지 않았고 누굴 기다리기라도 하듯 자주 창가나 병원 복도 쪽으로 시선을 빼앗겼다. 언뜻 보면 서로를 등진, 서로에게 매우 먼 사람들 같았다. 마음이 에이듯 아팠다.

마지막 강의가 있던 날, 여느 때처럼 내 차례가 왔고 느린 한마디를 뱉어냈다. "나는 당신이, 아름답다고 생각해요." 사랑이라는 주제를 받아든 직후부터 목 줄기를 타고 넘어와 입안을 뭉실뭉실 굴러다니던 마리어의 대사였다. 처음에는 듣는 이에게 잘 전달되지 않았지만 마리어의 마음을 그대로 보여준 말. 마리어는 사회적 언어가 결핍된 사람이어서 때에 맞는 적정한 말을 알지 못했다. 얼마나 많은 말들을 우리는 뒤늦게 듣는지. 이 사람의 의도가 실은 이거였구나. 상황에 어긋난 말 같았지만 돌이켜보니 진심은 결코 그게 아니었구나 하면서. 듣기는 음성 언어를 통해 이루어지는 의사소통 행위 이상의 의미를 지닌다. 어떤 말들은 대화의 현장을 벗어난 후에야 찾아온다. 멀어질수록 시간을 거슬러 올라가 사라지지 않고 못내 밟힌다. 그러므로 조금 늦더라도 내가 너를 듣겠다는 고백은 서로를 잃지 않겠다는 가장 숭고한 의지의 표명인 것. 듣기는 청자의 기다림이고 판단 보류이며 사랑이다.

대화를 갈망했어요. 사람들 틈에 끼어 애타게 뭔가를 말하고 싶어 했어요. 제가 들리세요? 정말 들리세요? 넋두리 같은 말끝에서, 수강생들은 평온한 얼굴을 하고 고개를 위아래로

끄덕거렸다. 그들의 침묵과 나의 침묵이 한 사람의 것처럼 겹쳐졌다.

2부

몸의 침묵

다음 주에 또 볼까요?°

등장인물: 나(홍수영), 그(아니), 미용실 원장(재), 사진작가(재), 할머니1(목우), 할머니2(나드), 어머니(목우), 지인1(나드), 지인2(다리아)

소품: 과일과 감자 깎는 칼

#1

(배우들 모두 걸어 나와 의자에 앉고, '나'는 무대 중앙으로 걸어 나와 의자에 앉는다.)

[조명 in]

° 이 글은 비영리단체 '다른몸들'이 주최한 시민연극 〈아파도 미안하지 않습니다〉(연출: 허혜경, 기획: 조한진희)의 상연을 위해 대본으로 썼던 글이다.

나: 한 달 전, 나는 아프로펌을 했다.

[영상 in - 아프로펌 사진]

아프로펌이란 철사를 이용해 모발을 아주 얇게 감아서 부시시한 펑키스타일을 만드는 펌이다. 흔히 폭탄 머리라고 불린다. 노약자석에 앉아 있으면 할머니들이 신기해하시며 내 머리카락을 한 번씩 손대 보고 가셨다.

할머니1: 이걸 어떻게 말았디야?
할머니2: 워메, 평생 안 풀리겄네 그랴.
할머니1: 잘게도 말았네잉, (머리를 계속 만지며) 기가 막히네!

[영상 out]

나: 내가 이 머리를 하게 된 데는 이유가 있다. 세간의 시선을 받고 싶다거나 아무나 시도할 수 없는 스타일이라서가 아니다. 5년 전부터 심하게 머리카락이 빠졌다. 특히 앞머리 부분이 집중적으로 빠져서 가르마를 이쪽저쪽으로 아무리 바꾸며 기 봐도 빈 공간이 메워지지 않았다. 살짝만 들춰도 빠진 자리가 훤히 드러났다. 나의 사진을 이따금씩 찍어주는 사진작가 친구는 갈수록 탈모가 심해지는 것 같다며 불과 반년 전의 사진을 꺼내 보여 주었다.

특단의 조치가 필요했다. 이리저리 인터넷을 뒤져 마침내 최적의 해결책을 발견할 수 있었다. 머리숱이 적어도 평소의 일곱 배는 되어 보인다고. 그래, 나중 일은 나중에 생각하자. 마는 데만 세 시간 반이 걸렸고 총 다섯 시간이 소요되었다.

2

(원장님, '나' 뒤에 서서 머리를 만다)

나: 긴 시간 앉고 서며 의자를 뻔질나게 드나드는 나에게 미용실 원장님은 이 머리를 왜 하는 거냐고 묻지 않았다. 대신 그는 선언하듯 말했다.

원장님: 아무도 건들지 못할 거예요. 호신용 머리거든요. 제 삶의 철학이 있는데 겉모습은 세게 살고 마음은 여리게 사는 거예요.

나: 겉모습은 세게, 마음은 여리게. 나는 그 말을 여러 번 곱씹었다. 대화를 나누는 동안 거울에 비친 모습은 낯설게 바뀌어 갔다. 힘을 잃고 수그러진 고개에서 데인 듯이 뜨거운 통증이 계속됐다. 힘드냐고 묻는 대신 끝까지 모른 척 농담을

건네주는 원장님 덕분에 무사히 긴 여정을 완주할 수 있었다. 비장하게 바깥을 나서자 하늘이 어둑했다. 쇼윈도에 비친 나의 모습은 인상적이었다. 탁월한 선택이었다고 중얼거리며 골목에서 쏟아져 나오는 인파를 따라 움직였다. 뚜벅뚜벅 걷기를 몇 분, 복부의 통증과 당김이 서서히 상체 전체로 스몄다.

(처음에는 경쾌한 걸음으로 걷다가 이내 서서히 배를 움켜쥔다. 걸음이 느려진다.)

밥 세 공기를 씹지 않고 삼킨 것처럼 윗배가 부풀어 오르더니 곧 숨이 찼다. 부서진 유리 조각을 테이프로 그럴듯하게 붙여놓은들 얼마나 갈까. 두 팔이 너덜너덜해지고 왼쪽 종아리가 떨어져 나간 것처럼 아팠다. 아주 잠깐 사이에 벌어진 일이었다. 결국 얼마 못 가 거리에 주저앉은 나는 누가 봐도 취한 사람이었다.

탈모는 몇 년 전 약에 의존하면서부터 시작됐다. 그렇게 약을 삼켰던 이유는 하나였다. 한 사람을 떠나보낸 뒤, 손쓸 수 없을 만큼 몸이 나빠졌다.

('그'가 자리에서 일어나 무대를 등지고 선다.)

우리가 만났을 당시 그는 한국에 정착한 직후였고 막 운전면허를 딴 사회초년생이었다. 아직도 모든 게 선명하다. 그의 첫 장거리 운전, 그의 직장 첫날, 함께 갔던 공연과 함께 가지 않은 공연, 프랑스로 돌아가고 싶어 하던 향수와 피로감이 뒤섞인 옆모습.

3

('그'가 여전히 무대에 등을 보이고 쪼그리고 앉아 과일을 깎고 있다.)

나: 그는 갖가지 과일을 사서 깎아두고 가곤 했다. 소화가 잘 되지 않는 나를 배려해 오목조목 작고 사랑스러운 크기로. 어느 날인가 그 모습을 가까이 들여다보고 싶어져 몰래 쓱 다가갔더니 사과 한 알을 네모지게 깍둑썰기 하듯 썬 뒤, 양면의 껍질을 감자칼로 잘라내고 있는 광경이 눈앞에 펼쳐졌다.

나: 뭐해, 오빠?

그: 저리 가. 앉아 있으라고 했잖아!

나: 사과를 왜 그렇게 깎고 있어?

그때 처음, 그도 나처럼 과일을 깎지 못한다는 사실을 알게 됐다. 들키지 않으려고 멀찍이 나를 떨어뜨려 놓던 모습들과 겹쳐져 나도 모르게 웃음이 터지고 말았다.

그: (내 웃음에 더 어쩔 줄 몰라 하며 굳어지는 표정. 심통이 났는지 입을 꾹 걸어 잠그고 한마디도 하지 않는다.)

나: 이럴 거야? 화났어?

그는 내가 자신을 놀리는 거라고 생각했겠지만 아니었다. 차오르는 행복을 주체할 수 없어서였다. 내가 이런 사랑을 받아도 될까. 그럴 자격이나 있을까. 여태껏 이 사람이 자신의 서투름을 다해, 진심을 다해 내게 준 가장 어여쁜 모양의 마음을 나의 두려움 때문에 밀어내고 있었던 것이다. 당신이 아니면 안 될 것 같다가도 당신 같은 사람을 내 곁에 붙들어두는 것은 지나친 욕심이라고 생각했다. 그런 속마음을 털어놓을 수는 없었다.

어머니: 내가 너를 어떻게 공부시키고 키웠는데 아픈 애를 만나니? 자꾸 어디 가서 얘기하고 다니지 마라. 곧 헤어질 거면서.

그: 수영아, 어머니가, 너에 대해 말하는 걸 좀 불편해하셔.

나: 뭐? 어머니가?

그: 응. 너한테 솔직하게 얘기해야 될 것 같아.

나: 아, 그렇구나. (흔들리는 시선으로 먼 곳을 보다가 곧

고개를 떨군다.)

나는 그의 어머니의 말을 이해했다. 담담히 그의 말을 받아들였고 괜찮은 척 이별을 고했다. 나의 두려움이 자초한 일일 거라고, 당신은 마음을 열지 못한 나로 인해 지칠 대로 지쳤을 거라고 스스로를 자책했다. 언제라도 떠날 수 있는 사람이라는 전제를 머릿속에 밀어 넣으면서 그이로부터 멀찍이 나를 떨어뜨려 놓는 데만 혈안이었던, 이기적이고 고약한 두려움.

그를 떠나보내고 6개월 사이 10kg가 빠졌다. 미용실에 가면 거울을 보지 못했다. 그가 사랑하지 않는 나를 바라볼 수 없었다. 목소리를 잃은 사람처럼 살았고 정신은 엷게나마도 선명해지지 않았다. 매일 새벽 24시간 북카페에 들어가 아침이 올 때까지 내리 글만 썼다. 사흘을 안자고 학교를 다녀도 아무런 피로감이 느껴지지 않았다. 배고픔을 잃었고 추위를 잃었다. 아무런 전율도 고통도 없었다. 그를 만나기 전의 나는 어떤 사람이었을까. 지금도 그게 잘 기억나지 않는다.

4

('그'가 뛰어 들어와 앉아 있는 '나'의 어깨에 손을 올린다.)

그: (천진한 얼굴로) 아까 터미널에서 너랑 닮은 여자를 봤는데 진짜 깜짝 놀랐어. 네가 나으면 그런 모습일 것 같아서 자꾸 돌아보고, 보고, 또 봤어. 너무 예쁘더라. 너도 꼭 나을 거야.

나: 나를 꼭 닮은 여자를 봤다면서, 네가 나으면 꼭 그런 '모습'일 것 같았다며 천진하게 웃던 얼굴. 그 얼굴에 대고 나는 그렇게 될 수 없다고 말할 용기가 나지 않았다. 그가 가지고 있는 희망이 너무 아름다웠으므로 나도 그 희망을 조용히 견뎌보려 했다. 가장 가까이에 있으면서도 아득히 먼빛처럼 물러앉아 나를 보고 싶어 하는 사람을 지켜주고 싶었다. 그가 보지 않으려고 하는 나. 그가 자신의 친구들에게 보여주려 하지 않았던 나. 연인의 시선 안에서 나는 가려지고 작아졌다. 그렇게 나는 변해갔다. 스스로를 사랑할 수 없는 사람으로.

5

나: 이런저런 노력으로 그럴듯한 꼴을 만들어 봐야, 내게 겉모습을 세게 유지하기란 불가능에 가까운 일이다. 잠깐 보면 제법 다부지고 씩씩하게 보이지만 컨디션을 한 나절 이상 유지할 수 있는 날은 갈수록 줄어들고 있다. 나는 음료를 주문하다가도, 강의를 듣다가도, 버스를 기다리다가도 삽시간에 다른 몸으로 변한다. 조금 전까지 즐겁게 대화를 나눴음에도 금세 무기력한 얼굴로 입술만 달싹거리는 나를 보면 친구들은 적잖이 당황한다.

놀라운 것은, 친구들도 때때로 다른 사람이 된다는 것. 그들은 내가 몸이 좋았을 때 함께 보냈던 시간과는 사뭇 다른 태도로 주변의 시선을 의식하거나 다급하게 자리를 뜨곤 했다. 우연찮게도 몸이 좋을 때만 만났던 사람들로부터는 더한 오해가 빚어졌다. 네댓 번 만남이 지속된 뒤 늦게야 나의 증상을 확인하고는 서서히 연락을 끊었다.

지인1: 수영 씨, 저번에 만났을 때 나눴던 얘기 정말 즐거웠어요. 근데 제가 요즘 일이 많아서, 아……. 다음 달이요? 글쎄요. 다음 달은 여행을 다녀올 것 같아요. 네, 좀 멀리 가요.

나: 다음 약속을 잡으려고 하면 바쁘다는 말만 되돌아왔다. 또는 내가 이정도로 심한 근육병 환자인지 몰랐다며 불쾌해하던 경우도 더러 있었다.

지인2: 저는 솔직히 이렇게까지 장애가 심하신지 몰랐거든요. 좀 당황스럽네요.

나: 네? 뭐가 당황스러우신대요?

지인2: 그냥, 수영 씨 솔직히 지난번 만났을 때랑 지금이랑 좀 달라요. 먼저 들어가도 될까요? 죄송한데 부담스러워요.

나: 차라리 그게 나았다. 상대가 솔직해야 그나마 상처가 덜했다. 근육병 환자들은 컨디션에 따라 매일 매 순간 판이하게 다른 걸모습이 될 수 있다. 그렇기에 어떤 날은 몸이 너무 좋다는 이유로, 또 어떤 날은 몸이 너무 안 좋다는 이유로 오해를 받기 십상이다.

그런 상황이 거듭되면서 나는 약속이나 다음 만남에 연연하지 않기로 했다. 첫 만남에서 모든 것을 말했고 급작스러운 통증이 와도 통증의 면면을 가감 없이 보여줬다. 누구를 만나든지 그 사람과 보내는 마지막 시간이라고 생각했다. 심하게 아픈 날이 아니면 약속을 늦추기보다 그 자리에 가서 '지금의 나'로 머물렀다. 언제 바뀔지 모르는 지금 이 순간의 나로. 언젠가는 떠날 사람들을 미리 떠나보내는 마음이었다.

#6

(사진작가 친구, 무대로 걸어 나와 '나' 옆에 앉아 사진을 찍는다.)

나: 사진작가 친구는 아프로펌이 마음에 꼭 드나 보다. 근처에 일이 있어 왔다가도 기어코 나를 불러내 사진을 찍어준다. 이번 주만 벌써 두 번째다.

사진작가: (사진을 찍다가) 기억나? (사이) 우리 알게 된 지 얼마 안 됐을 때, 네가 아파서 웃고 있는지 행복해

서 웃고 있는지 잘 모르겠다고 내가 그랬잖아.

나: 그랬나.

사진작가: 진짜 구별이 안 됐거든. 너는 아플 때도 웃고 있고 진짜 좋을 때도 웃고 있으니까. (사이) 힘들지 않아? 사람들이 네 감정과 네 표정을 동일시하는 거.

나: 힘들어. 정말 괴로워. 입꼬리나 눈 수변 근육을 통제할 수 없어서 경련 때문에 웃는 것처럼 보여. 나는 몸이 안 좋은 날 더 많이 웃거든. 웃고 싶지 않은데 늘 웃고 있어. 가끔 사람들이 나보고 뭐라는 지 알아? 뭐가 그렇게 늘 좋냐고, 뭐가 그리도 신나서 매일 웃고만 있냐고…….

사진작가: 그럼 너는 뭐라고 대답해?

나: 근육병으로 인한 경련 때문에 표정과 제스처를 마음대로 조절할 수 없다고 하지. 근데, 그런 설

명을 아무리 해도 사람들의 태도가 크게 달라지진 않아. 눈에 보이는 게 다가 아니라는 걸 이해해주는 사람들을 만나는 거, 왜 이렇게 어려운 걸까? 사람들은 어째서 내 마음은 보지 못할까?

[영상 in - 무대 뒤 화면에 사진작가가 찍어준 흑백사진이 뜬다]

(배경음악이 낮게 깔린다. 〈BRENDEL, J.S.BACH "Ich ruf zu dir, herr Jesu Christ", BWV 639〉)

얼굴 하나, 표정 하나를 갖고 싶어서 헤맸던 시간들. 경련이 웃음으로 변하고, 그 어떤 웃음도 내 것이 아니었던 시간들. 너무도 많은 사람들이 나를 떠나갔다. 나를 스치듯이 보고 스치듯이 사랑하려 했던 사람들. 그런 내게도 정말 될 듯이 기쁜 순간이 찾아오는데, 누군가가 헤어짐의 인사 뒤에 어색한 악수 대신 이 말을 건네줄 때다. "수영 씨, 우리 내일 만날래요?", "다음 주에 또 볼까요?"

바라봄 사진관에서

초목이 울창해지고
내가 그대로 아팠습니다

주민등록증과 복지카드를 다시 만들러
엄마와 합정동 골목을 두리번대다가
바라봄 사진관에 들어갑니다

우리 집에 없는 가족사진을 생각하면
입매와 어깨가 새초롬히 웃어요
한쪽 눈이 아름다운 사진사는 나를 담아주었어요
고정된 자세가 쏜살같이 사라져버리기 전에

하나 둘 셋 할게요
꼭 이러고서 하나에 찍어요
엄마와 나는 아니까 슬픈 눈을 주억거려요

왼쪽이 낮으니까 오른쪽이 높은 어깨
열여섯도 열아홉도 스물여섯도
터지는 빛에 가려움을 떨어내듯이
경련이 끓는 몸의 둘레선을 뼈 맞추듯이 셋 둘 하나

엄마를 봐 수영아, 예쁘다

새길

중학교를 간신히 졸업한 뒤 서울로 이사를 해야 했다. 치료도 치료지만 거리를 걸을 수 없어서였다. 교복을 입은 학생들만 봐도 골목으로 숨거나 두 손바닥으로 얼굴을 감싸 쥐고 숨을 죽였다. 숨소리와 발소리를 죽이며 걷다가 버티지 못하고 주저앉은 적도 있었다. 그 공포와 부서짐. 엄마는 오랜 시간 당신의 전부였던 피아노 학원을 급히 정리했다.

서울에 올라와서는 고등학교 입학을 포기하고 바로 검정고시를 준비했다. 그 무렵부터 말이 어눌해져서 아침마다 성경을 펼쳐 한 장씩 소리 내 읽었다. 빠른 걸음으로 산책을 해야 목이 돌아가는 증상이 경감된다는 사실을 어쩌다 알아차리고 하루에 두 번씩은 꼭 근처 공원을 돌았다.

열아홉 겨울, 신학을 시작했다. 수업이 끝나도 도서관에 남아 전도사님들과 함께 책 더미 위에 걸터앉아 나누던 대화들은 나를 더욱 교부들의 서적 가까이로 나아가게 했다. 집에 가는 시간이 아까워 학교 바로 옆에 있는 기도실에서 잠들었다가 화장실에서 세수만 부랴부랴 하고 다시 학교에 가는 날들이 이어졌다. 하나님께서는 새벽마다 당신의 성령으로 마땅히 드려야 할 기도를 가르치시며 오직 기도에 힘쓰게 하셨다. 내 영을 활짝 펴셔서 하나님의 지혜를 살아가게 하셨다. 매일 매 순간 그분만을 두려워하며 — 세상의 평가와 시선에 수몰되지 않고 — 하나님의 마음과 뜻을 듣기 위해서 글을 썼다. 쓰기 위해서만 살았다.

예배드리는 한 시간을 끝까지 앉아서 버틴다는 것은 그때로서는 생각조차 할 수 없는 일이었다. 목을 똑바로 들고 앉아 있을 수 없었기에 성경책에 이마를 파묻은 채 설교를 들어야 했다. 누군가는 졸고 있다고 생각했으리라. 통증은 나날이 깊어만 가서 다음 날 강의가 많기라도 하면 그렇게 초조하고 불안할 수가 없었다. 뒤로 나가 벽에 기대 서 있는 동안

예배당 뒤편에서 만난 많은 사람들…… 휠체어에 앉아 온 마음을 다해 찬양을 부르던 아이들과, 그 자식들 뒤에서 숨죽여 기도로 흐느끼던 어머니들. 미약하지만 모든 것을 다해 드리는 기도. 그 어머니들의 기도 한 절 한 절을 잊을 수 없다. 그 기도보다 아름다운 기도를 들어본 적 없다.

"내게 주신 모든 은혜를 내가 여호와께 무엇으로 보답할까?"° 근육의 경직으로 앉았다 일어나기를 반복하며 부르짖었다. 주님, 말씀을 듣고 싶습니다. 나의 힘이 되어주소서. 주의 길을 밝혀주소서. 나는 쓰지 않고는 살 수 없었다.

° 「시편」 116장 12절

기도하지 않은 날도 있었다

대학교를 옮기면서 새로운 사람들과 만나 나를 설명하는 시간이 얼마간 지속됐다. 자기소개는 그리 간단히 끝나지 않았고 병에 대해 궁금해 하는 여러 질문들과 마주쳤다. 그때, 마치 질문 세례를 받았던 14살로 돌아간 것 같은 느낌이 일순 나를 덮쳐왔다. 서리서리 얽혀 있던 해결되지 않은 두려움은 트라우마와 과거의 부정적 관계 이미지에서 비롯된 것이었다. 두려움에 집어삼켜질 것 같았다. 예전의 악몽이 그대로 재현됐다. 어디가 어떻게 아프냐는 물음에 가슴이 붕 떠올랐다.

물론 나는 전과는 달랐다. 병에 대해 잘 설명할 수 있었고 '어디가 어떻게' 나빠지고 있는지도 또렷이 이해하고 있었다. 한데 나를 온당히 설명하지 않으면 다시 오해를 사고 말 거라는 불안감. 꼼짝도 못하고 참혹한 심정에 사로잡혔다. 학기가 바뀌고 전공과목뿐만 아니라 더러 교양과목 교수님들까지 문자로는 내 병에 대해 설명하기 어려워 찾아봬야 할 일이 잦았다. 그런 순간이면 입속으로 말들이 흩어지고 목구멍이 안에서부터 단단히 걸어 잠긴 기분이 들었다.

고민 끝에 나는, 대답을 수첩에 쓰고 달달 외우는 방법을 고안했다. 6년 전 진단을 받았고 이제는 몸이 그나마 호전되어 대학을 다닐 수 있게 되었는데, 오래 앉아 있으면 강직이 심해져 수업 중간중간 몸을 움직여야 한다고. 그렇게 나는 사람들이 언제부터 아팠냐는 물음을 던져오면 같은 말들을 펼쳐 놓았다. 저는 6년 전부터 아팠어요.

그 답안을 기계처럼 습관적으로 수십 번 뱉어내자 그로 인해 약간은 내면의 영역이 보호되고 있음을 깨달았다. 나는 안도했다. 무심코 물어오는 질문들에 매번 기억을 되짚어가며 지난 상처를 하나하나 상세히 꺼내는 일을 더 이상 하지 않아도 되었다. 더딘 대학 생활을 마치고 졸업을 하게 된 이후로도 가끔씩 동일한 질문을 받으면 6년 전 혹은 5년 전부터 아팠다고 말하는 나를 발견하곤 했다. 그러면서도 그것이 거짓말이라거나 사실이 아니라고는 전혀 생각하지 못했다. 나는 완전히 그 대답 속에서 나를 지키고 있었으며 보호막에 익숙해져 갔다. 더 깊은 대화로 진전이 되고 나서야 아, 내가 또 6년 전이라고 대답했구나 하고 번쩍 자각하곤 했다. 그 사실을 깨닫고 나서도 내 말을 정정하지 않았던 이유는 나는 그들과 지금 이 순간을 함께 하는 사람이기 때문이었다.

얼마나 오래 아파왔고 어떤 시간을 보내왔는가는 중요하지 않다고 생각했다. 더 중요한 것은 바로 '여기'에 있었다. 언제나. 곁에 오롯이 놓인 너와 나, 막힘없이 소통하는 우리면 충분하리라고 믿었다.

너무나도 많은 오해들이 나를 갈가리 찢어댔다. 불쑥 날아온 질문에 허물어지느니 소모적인 대화를 애초에 시작하지 않는 쪽을 택하는 게 편할 때도 있었다. 그리하여 그저 흩날리듯 그때그때 떠오르는 대로 말을 늘어놓거나 기억이 잘 나지 않는다는 듯 두리뭉실 넘어가기도 했으며, 왜곡될 법한 어리석은 얘기들도 많이 했다. 그러나 항상 다시금 제자리로 돌아갈 수밖에 없었다. 나의 제자리, 기도의 자리로.

주님은 지나온 삶을 등진 채 거짓된 관계만을 떠돌아다니던 내 모습을 회개케 하셨다. 나는 그토록 철저히 나의 바깥에 있었고, 하나님의 시선을 멀리한 채 부서진 나를 받아주지 않았다. 그러나 그러한 방황을 멈춰야 한다는 사실을, 잠깐의 평안을 위해 무작정 상처를 억누르는 태도는 내가 정말 원하는 바가 아니라는 점을 인정할 수밖에 없었다. 곤고한 고백을 기다려준 소중한 인연들에게 뒤늦게 모든 것을 솔직하게 털어놓았다.

졸업까지 6년의 시간이 더디게 흘러갔다. 돌아간다면 절대로 다시 겪지 못할 시간. 제출해야 할 과제는 많은데 혈압은 자꾸 떨어지고 샤워를 하다가 쓰러져 한두 시간 정신을 잃고 흠뻑 젖은 종잇장처럼 깨어나기도 여러 번이었다. 강의를 듣고 공부를 연이어 갈 수 있다는 사실에 감사하면서도 언제 학점을 다 채울 수 있을까 깜깜했다. 세 시간 전공 수업을 듣고 나면 고개를 지탱하기 위해 턱을 괸 왼손 전체에 감각이 없었다.

함께 입학했던 친구들은 다 졸업을 했고, 말미에는 주로 후배들과 수업을 들으면서 그들과 잠시나마 우정을 쌓아가기도 했으나 서로를 듣고 헤아리기에는 너무 짧은 시간이었다. 다 괜찮아졌다고 말하면서도 매일 아침 중학교 교실 문을 여는 것처럼 등골에 오한이 들었다. 오한에 먹혀버린 것 같은 다리가 파들파들 떨렸다.

몸이 좋은 날은 먼저 달려가 인사를 건네고 말을 붙이면서도 다음 날 말이 안 나올 만큼 상태가 나쁘면 머뭇머뭇 망설이다 가방을 고쳐 메며 못 본 척 지나가기도 했으니, 후배들이 보기에 나는 변덕이 죽 끓고 연약한 성미를 가진 선배였을 것이다. 그렇게 끝나지 않을 것 같던 대학 생활도 끝이 보이고 있었다. 동기 친구들 대부분이 벌써 사역을 시작했고 전도사로서 찬양 인도자로서 주일학교 교사로서 저마다 자신의 자리를 찾아가고 있었다.

내게 맡기신 일을 위해 기도해도 침묵만이 돌아왔다. 잠잠히 기다려야 하리라. 기다림 속에서, 기다림이 주는 풍성한 부서짐 속에서, 하나님은 그 시편들을 불러주셨다. 작은 단기선교팀이나 찬양팀에도 마음껏 들어갈 수 없어 완치되기를 소망했던 시간들……, 목사님들께 글을 보여드려도 아무런 말도, 돌아오는 편지도 없어 적막했던 순간들, 봉사를 하고 싶다거나 사역을 하고 싶다고 하면 어처구니없는 듯 나를 바라보던 시선들, 신학을 배우고 있다고 말하면 사역자는 아무나 되는 게 아니라며, 혹시 머리는 괜찮은지 물어오던 교역자들. 하나님, 제가 무엇을 할 수 있겠습니까? 우리 모두는 그리스도의 몸을 세우기 위해 부름받은 자들입니다. 한데 만일, 고통받는 이웃들을 위해 살 수 없다면, 아버지, 저를 왜 이 자리로 인도하셨습니까?

정적처럼 고여 나는 썼다. “주여, 이 기도의 자리에 저를 영원히 가두소서. 세상에서 저는 너무도 약합니다. 주의 얼굴 앞에서 슬픔을 토로하며 이 시간을 얼마나 더 견뎌야 하는지 물을 때, 저는 고백자로라도 설 수 있지 않습니까? 어디에도 제가 앉고 설 자리, 마음을 둘 자리 하나가 없습니다. 저와 함께할 자들이 어디에 있습니까? 저와 함께였던 자들은 다 어디로 갈라져버렸습니까? 우리는 왜 기도만으로는 맞닿을 수 없어 이토록 오래 서로에게 기별하지도, 방문하지도 않습니까? 멀어짐과 단절만을 재촉하는 기도에는 헛된 의미만이 엄습합니다.” 기도는 점점 절망적으로 바뀌어 갔고, 나는 호미와 바구니를 내던지고 산길을 내려온 농부처럼 덩그러니 걸었다. 빈손이었다.

기도하지 않은 나날이, 기도문 한 줄도 쓸 수 없는 밤낮이 병원 창틀 위로 쌓여갔다. 영혼은 옷깃을 스치는 사람들의 온기를 갈망했다. 주여, 저는 다른 이들에게 무정해질 수 없습니다. 손잡아주는 사람이고 싶습니다. 분리되는 것이 아니라, 내 안으로만 걸어가는 둔감한 삶이 아니라, 서로에게 맺히고 함께 기뻐하며 협력하는 관계 속에서 살고 싶습니다. 사랑을 추구하는 삶을 살게 하소서. 모든 것을 덕을 세우기 위하여 하게 하소서.° 그러나 물을 달라 했는데 옷을 입히는 그곳에서, 눈에 보이는 봉사에는 선뜻 참여하면서도 작은 자에게는 시간을 내려 하지 않는 그곳에서, 도울 만큼 많이 아픈지, 베풀 만큼의 가치가 있는지 측정하는 그곳에서, 섬김을 받는 자가 섬기는 자도 될 수 있음을 끝내 믿어주지 않는 그곳에서, 작은 지체에게 앉을 자리를 내어줄 뿐 일을 도맡기지는 않는

° 「고린도전서」 14장 26절

그곳에서, 나는 철저히 배제되고 걸러졌다.

그리하여 내가 사용하는 '우리'라는 표현은 발길을 조심스럽게 밀어 넣은 자리에서 환대받지 못한 사람들, 이웃에게 책임을 다하기를 꿈꾸고 참된 예수 공동체를 사무치게 그리워했을 사람들을 감각하며 펼쳐졌다. 우리는 사랑하고 싶었다. 예수님처럼 사랑하고 싶었다. 장 바니에의 말. "예수는 사랑을 주려고 몸부림치고, 그의 몸과 마음은 사랑을 달라고 몸부림치는 자들에게 쏠려 있다."° 사랑할 수 없는 것보다 커다란 고통은 없다(사랑하지 못할 때 우리는 죽는 게 아닐까?). 지금처럼 홀로 가야 한다면, 예수 그리스도의 사랑을 누구에게도 건넬 수 없는 삶이라면 나는 무엇으로 살아야 하는가? 문이 열린 방들, 그러나 모두 밖으로 나가버리고 없다.

° 장 바니에, 『장 바니에의 시보다 아름다운 예수전』

마지막 학기 중간고사를 마치고 얼마 되지 않은 어느 날이었다. 일 년 전 들었던 설교학 강의의 교수님과 대화를 나눌 자리가 마련됐다. 설교학은 내가 가장 좋아했던 수업들 중 하나였다. 교수님은 내가 쓴 설교문들을 아직도 기억한다고 했고, 사역을 원하는 나의 마음과 사정을 듣고는 유아부 전도사 자리가 비었으니 함께 기도해보자고 덧붙였다.

한 달 뒤 유아부 전도사로 들어간 교회에서 소중한 인연들을 만날 수 있었다. 나는 그곳에서 조건 없는 사랑을 나누는 방법을 배웠고 교회 식구들의 기도와 섬김 가운데 매주 굳건히 말씀을 전했으며, 모든 사소한 일정과 계획들에 개입하셔서 아이들의 마음을 움직이시는 하나님의 사랑을 경험했다. 또한 한숨도 자지 못하고 통증으로 괴롭던 주일에도, 말씀을 전할 때만큼은 가장 자유롭고 편안하게 입이 열려 매 순간 살아계신 하나님의 역사를 경험했다.

매일매일 아이들을 마주 보는 시간을 손꼽아 기다렸다. 아이들과 있을 때 내가 얼마나 나로부터 자유로워지는지, 이런 나를 하나님께서 얼마나 준비시키시고 원하셨는지 느낄 수 있었다. 내가 원하는 것보다 더욱 나를 원하셨을 하나님. 욕심일까 봐 차마 구할 수조차 없던 내 맘속 꿈들을 당신의 소망이라 말씀하시는 하나님. 그분 앞에서 일찍이 충성된 자로 서지 못했던 의심과 요동의 시간들을 생각하면 저절로 무릎이 꿇어졌다.

전도사님이 오늘 목이 아파서 목소리가 아주 작아졌어요. 여러분이 조용히 해야 해요. 쉿! 하면, 똑같이 쉿! 검지를 입술에 가져다 대던 연분홍빛 나의 아이들. 그 영혼들을 보내주신 하나님께 눈물로 감사했다. 나는 기도 외에는 아무것도 하지 않았다. 나의 일이 곧 아무 일도 하지 않는 것임을 깨달았다.

예수님이 주신 말씀을 아이들에게 그대로 전하는 것. 거기에 무엇도 보태지 않았다. 더 보태려고 해도 오래 말하지 못하는 내 몸에게 감사했다. 어떤 미사여구나 불필요한 사족도

달지 않은 그곳에, 하나님의 선하시고 복된 말씀만이 살아서 튀어 오르고 있었다. 하나님께서 가르치심으로 말미암아 아이들이 매주 자라가는 게 느껴졌다. 기도는 무언가를 구하기 위해 하는 말이 아니라 하나님과 나누는 교제다. 하나님만을 바라보고 하나님으로부터 할 말을 받는 기도. 그런 기도 속에서 흘러나오는 선포가 아이들과 나의 마주 봄을 충만케 했다.

예배 시작 기도는 항상 이렇게 시작됐다. "하나님, 우리의 기도가 예수님의 기도를 닮아가게 해주세요!" 아이들은 쩌렁쩌렁한 목소리로 따라 외쳤다.

시간은 빠르게 흘러갔다. 나는 다시금 글을 쓸 수 있게 됐고, 하루도 쉴 틈 없이 빠듯한 일정을 어떻게든 견디게 해주시는 하나님의 은혜에 힘입어 사역을 감당했다. 가끔 수요예배나 금요예배에서 말씀을 전할 기회가 주어지면 성도님들 한 분 한 분을 바라보며 그분들을 위해 기도하는 심정으로 단 위에 섰다. 전도사님, 오늘 몸이 너무 좋으셨어요. 갈수록 좋아지시는 것 같아요. 설교를 마치고 땀으로 범벅된 나를 안아주시던 따뜻한 기도의 손길들. 그러나 사역을 이어갈수록 아이들과 함께할 시간이 얼마 남지 않았음을 알 수 있었다. 몸 구석구석에 팽팽한 수축이 왔고 부위 별 통증은 단단한 물질처럼 느껴졌다. 눈둘레근이 수축하면서 눈이 지속적으로 감겼고, 왼쪽 안면 전체의 연축으로 인해 앞을 보기도 쉽지 않았다. 배앓이가 심해지더니 급기야 혈변이 나왔다. 자리에서 물러나야 할 때가 온 것이다. 길지 않은 시간이었지만 다시 아이들과 마주볼 수 있는 그날을 주님께 맡겨 드리며 감사히 사역을 내려놓았다.

발성이 되지 않아서 토막토막 끊긴 채 새어 나가던 말, 바투 깎인 단어들, 작은 수포처럼 맺혔다가 터진 고백 속에서 꾹꾹 눌러 쓰게 하신 편지들. 주님께서 주신 선포의 자리가 이 백지임을 잊지 않는다. 내게 주어진 푸르고 광활한 단이 바로 이 문장 사이에 있음을 잊지 않는다.

그러나 분명 기도하지 않은 날도 있었다. 입술을 굳게 닫고 완고한 돌 같은 마음으로, 고립감으로 절룩거리며, 지극한 적막 속을 사라지듯이 걸었다. 교회는 전도사님처럼 도움을 받아야 할 사람이 일하는 곳이 아니라 도움을 줘야 할 사람이 일하는 곳이에요. 그런 허황된 말들에 포기하고 싶다는 생각을 하기도 수십 번이었다. 그러나 무분별이라는 죄. 의지를 무너뜨리는 말에 엄습 당하고 그것을 하나님 말씀보다 더 크게 여겨 굴복하는 일은 하나님이 주실 열매로부터 우리의 심령을 분리시킬 뿐이다.

나의 곁에 있었던 기도들이 기도가 아니었음을 깨달았다. 회피하기 위해서 헛된 땔감들을 구하며, 애만 끓이다 그분의 나라와 뜻을 들여다보지 못한 기도문들. 나는 바로 서서 그

기도문 모두를 지우고 태웠다. 사랑과 진실함과 겸손의 발화로 나아갔다. 그분을 힘 있게 선포하는 능력은 하나님에 대해 말함에서 오는 게 아니라 하나님과 대화함으로써 주어지는 것이다. 그래, 그제야 깨달았다. 신음처럼 부르던 그분의 이름, 눈물과 탄식밖에 남지 않은 침묵이 도리어 기도였구나. 기도의 부재가 밝히는 기도. 예수님 그분이 곧 사랑이시듯 그분의 제자 된 우리의 삶 또한 기도 자체요 그 기도가 가르치는 사랑이라는 사실을 실감했다.

아무것도 쓸 수 없고 말 한마디 떼기도 힘든 날에는 하염없이 걷고 또 걸었다. 원래도 걷는 걸 좋아하는 편이었지만, 이제 나는 기도하기 위해서 걷는다. 입을 반쯤 벌린 채 느린 숨을 쉬며, 간결한 필선 같은 걸음을 한 발자국 한 발자국 그린다. 나는 두 손을 모아서도 두 발을 벌려서도 기도했다. 예수님의 기도 속에 깊이 들어가 나의 기도문을 이끌어 가시기를 눈물로 간구했다. 그분의 이름만을 살아 있는 기도라 여기게 되었다. 말씀만을 내 마음에 두었다. 마음에 가득한 것을 말한[°] 시편 한 줄이 여덟 장의 설교문보다 더 정직한 기도였다.

너희는 그리스도의 몸이요 지체의 각 부분이라.[°°] 그리스도인은 그리스도의 몸의 각 부분인 지체들이다. 하나님께서는 자신의 지혜로우신 섭리 안에서 지체들 간에 어떤 차별도 없게 하시고 모든 지체가 다 동등한 귀함을 지니게 하셨다.[°°°] 그러므로 누구든지 각각의 고유한 역할로 온몸을 섬길 수 있으며 쓸데없는 부분인 성도는 아무도 없다(그리스도의 손발을 동여매는 이 누구인가?). 약하게 보이는 몸의 지체가 도리어 요긴하다.[°°°°]

° 「누가복음」 6장 45절
°° 「고린도전서」 12장 27절
°°° 매튜 풀, 『청교도 성경주석 - 고린도전후서 · 갈라디아서』
°°°° 고린도전서 12장 22절

성령께서 나의 기도를 도우심으로 말미암아 내 기도는 안으로만 굽지 않고 다른 영혼들에게로 가까이 흘러갈 수 있었다. 씨름해온 번뇌가 사라지자 내가 '보잘것없고 무가치한' 사람이 아니라 세상 가운데 빛과 소금으로 나아갈 수 있는 아름다운 존재라는 것을 믿게 됐다. 어딘가에 소속되거나 꾸준한 소통 속에 머물러본 적은 없을지라도 짧은 틈이나마 다녀갈 수 있었던 그 모든 자리에서 충실히 사랑했다. 스쳐온 모든 이들을 나의 동역자라고 부르기를 주저하지 않았다. 분리감과 단절감을 밀어내며 뚜벅뚜벅 걸었다.

너에게 돌려줘야 할 발걸음

이동우 씨는 한 인터뷰에서 말했다. “누구나 아픈 걸 알아요. 아픔을 아니까, 알겠더라고요. 얼마나 많은 사람들이 얼마나 많이 아파하고 있는지를 알겠더라고요. 영화를 통해서 말하고 싶은 건, 아프다고 이제는 얘기할 때가 되지 않았는가. 그거 부끄러운 것 아니고 죄도 아니고, 내가 얘기하면 모든 사람이 ‘나도 아프다’라고 얘기할 것 뻔한데, 그렇게 우리 소통 좀 하면 안 되나. 그런 생각을 해요.”

아플 때 아프다고 말할 수 있는 용기를 가르쳐준 친구가 있었다. 그 친구는 여행을 좋아해서 몇 주 연락이 안 된다 싶으면 저 멀리 낯선 어딘가로 훌쩍 떠나 있었다. 그 애가 떠난 곳들에서 엽서가 날아왔다. 학교 가려고 집을 나서면 우편함에 세계 각지를 디뎌 도착한 엽서들이 선물처럼 꽂혀 있곤 했다. 떠나고 싶어도 그럴 수 없어 아파하는 나를 포근한 미소로 두드리면서, 움이는 말했다. 내가 너 대신 떠나줄게.

움이는 정말로 나를 대신해서 많은 곳으로 떠나주었다. 편지의 말미마다 다음에는 꼭 함께 오자는 말도 덧붙였다. 나는 움이를 떠올리며 강의실에서도, 입원실에서도 긴 여행을 떠났다. 창밖에 흘러가는 풍경을 그 애가 있는 어딘가라고 상상하면 내 발이 묶인 것 따위야 아무것도 아닌 것처럼 느껴졌다. 오늘은 많이 아파. 전에는 누구 앞에서 말하는 게 그토록 어려웠던 이야기를, 부재 안에서, 그 애의 떠남 안에서 편지지에 쉬이 채워 넣었다. 움이가 내 곁에 없어도 함께 걷는 것 같았던 시간들. 그 친구의 걸음과 그 친구의 기억은 곧 내 것이었다.

그러던 어느 날, 우리는 말하지 못하고 머뭇거리던 진심을 서툰 방식으로 털어놓았다. 서로를 상처 내고 무시무시한 말로 흔들면서 우리가 보낸 시간을 가차 없이 내던졌다. 그렇게 하루아침에 서로를 통과해 지나쳐버렸다. 그런데 이상한 일이었다. 그 친구의 없음은 그냥 없음일 수 없었다. 그가 정말로 나를 떠난 건지 아니면 잠시 또 상상할 수도 없이 먼 곳으로 떠나 있는 건지 내 마음은 그것을 구별하지 못했다. 돌아올 때까지 어무이 말 잘 듣고 약 잘 챙겨 먹고 공부 열심히 하라는 오래전 약속을 꼭꼭 씹어 삼키면서 나는 씩씩하고 야무지게 그 애를 기다리며 살았다. 그렇게 3년이 흘렀다.

3년 동안 나는 그 애 집 앞에 우표가 없는 편지를 두고 오기도 하고, 그 애가 다니는 학교 강의실에 멍하니 몇 시간을 앉아 있다 오기도 했다. 윰이의 단골 카레집에 가서 우리가 함께 찍은 사진을 주섬주섬 내밀며 언제 왔다 갔느냐고 물으면, 일본인 사장님은 아! 요즘 안 왔어요 하면서 의구심 어린 어투로 묻는 거였다. 그런데 왜요? 연락이 안 돼서요. 나는 태연하게 웃었다. 또 여행 중인가 봐요. 그러고는 족히 2인분쯤 되어 보이는 카레 한 그릇을 밥알 한 톨까지 싹싹 비운 뒤 국제시장 한 바퀴를 싸묵싸묵 돌았다. 길고 짧은 휴가를 받을 때마다 그렇게 부산에 내려갔다. 약속 시간에 조금 늦는 친구를 기다리듯이 머무르는 장소 어디서든 문이 짤랑하고 열리면, 반사적으로 움칠거리는 어깨가 그쪽을 향했다.

이제는 아프다고 얘기할 때가 된 것 같은데, 나는 아프다는 말을 뱉는 게 무슨 큰 고해성사를 치르는 것 마냥 죄스러웠다. 아픈 몸이 부끄러웠던 게 아니다. 모두가 그렇게 힘들고 아파도 견디며 잘 살고 있는 것 같은데 나만 내 아픈 게 크다고 떵떵 소리 지르는 게 될까 봐 스스로를 깊은 침묵 속에 빠뜨렸다. 할랑거리는 언어들의 무릎을 툭 꺾어버렸다. 건강해 보이기 위한 수업 같은 게 있다면 그것을 듣고 방법을 연마하기 위해 별 수라도 다 동원했을 것이다. 거울 속 모습이 파리해 보이거든 움푹 들어간 눈가를 화장으로 숨기느라 집 앞에 와 있다는 친구를 30분이나 기다리게 한 적도 있다. 나는 이동우 씨와는 달랐다. 누구나 아프다는 걸 알수록, 세상 모든 사람들이 아파하고 있다는 사실을 깨달으면 깨달을수록 아프다는 말을 좀처럼 입 밖으로 꺼내기 어려웠다. 그러면서 못내 애달프고 속이 탔다.

그런 나를 바꾼 것은 움이의 말이었다. 아프다 말해도 된다는 위로를 움이에게 처음 들은 것은 아니었는데도 내가 힘이 나고 좋았던 것은 그 애의 다음 말이었다. "대신 떠나줄게." 그렇게 벅찬 말은 처음이었다. 대신 떠나준다는 것, 지금쯤 하늘 높이 떠오른 네 몸이 반으로 나뉜 내 몸이라는 생각. 네가 나고 나는 너라서 이 모질고 지긋지긋한 통증도 혼자만의 것이 아니라는 위안. 고마웠다. 중학교를 다닐 때 겪은 따돌림 이후로 나는 우정이라는 단어를 삶에서 잃어버렸다. 틀림없이 존재하지만 내게는 물음표가 붙여진 단어가 우정이었다. 그러나 우는 나를 무력하게 지켜보다 나를 위해 무엇이라도 해야겠다는 듯이 돌연 단단해지던 눈빛, 나를 안심시켜 주던 눈빛.

어디로 사라진 걸까, 너는. 네가 없는 병원, 네가 없는 나의 6년 만의 졸업식, 네가 없는 첫 설교, 네가 없는 마지막 퇴근길. 이런 문자를 쓰다가 지우며 나는 참 많이도 울었나 보다. 사역을 내려놓고 그동안의 긴장이 왈카닥 무너지자 온몸의 회로가 쇠로 만든 듯 무거워졌다. 나를 가장 힘들게 하는 것은 안면의 찌그러짐과 목이 휙 돌아가는 증상 그리고 떨어진 기억력과 학습의 어려움이었다. 운동과 약물도 소용이 없이서 마치 처음 병을 진단받았던 시절처럼 여러 병원을 오갔다.

그러다 우연한 기회로 파킨슨과 외상성 뇌손상 그리고 디스토니아에 효과를 보이는 치료가 캐나다에서 시행되고 있다는 희소식이 담긴 책을 접하게 됐다. 효과를 보였다는 것은 모든 사람이 그것을 하면 완치될 수 있다는 의미는 아니었다. 호전을 기대해 볼 수 있으나 그렇지 않을 수도 있으며 치료 가능성이 저마다에게 다른 확률로 작용된다는 것. 객관적인 사례들이 그렇게 말해주고 있었다. 나는 그 책에서 아주 작은 희망을 봤다. 희망을 두 손 안으로 조심조심 당겼다. 그걸 잡아들이지 않으면 자신의 모든 것이 붕괴될 것만 같았을, 같은 마음을 가진 환자들을 매일같이 자료와 책 속에서 만났다.

2018년 여름이었다. 책을 읽는 동안 나는 때때로 슬픔을 헹구듯이 울었다. 연구진들이 환자의 목소리에 세심하게 귀를 기울이고 병명에 함몰되지 않는 모습 때문이었다. 장애를 가진 '한 사람'을 고려하고 그에게 가장 필요한 신경가소적 치유의 단계들을 하나하나 고안해 가는 과정은 참으로 아름다웠다. 경험이 많은 임상의들은 자신들이 그저 장애를 치료하는 것이 아니라, 장애를 가진 사람을 치료하는 것임을 안다(저자의 말이다). 비록 책을 통해서였지만 연구진들이 치료의 고된 과정을 함께 인내하며, 복잡하게 얽혀 있는 환자의 마음결 하나하나 허투루 보듬지 아니하며, 끝까지 신뢰하고 부축하는 모습을 별안간 눈앞에 생생히 그려도 보면서 나는 그 안에서 나오고 싶지 않았던 것 같다. 오랜 기도로 바라왔던 순간이었으니까. 완치가 중요한 게 아니었다. 병에 대한 일의적 정의를 거부하는 치료, 대안을 제시하는 것이 아니라 말을 걸어오는 치료. 나을 순 없을지언정 그런 치료함 속에서 살아가고 싶었다.

저자의 홈페이지에 들어가 책에 관련된 정보와 여러 기사 글을 미친 듯이 찾아 읽었다. 읽은 것을 토대로 공부하는 동안 세 번의 계절이 지나갔다. 현재 그 치료법이 시행되고 있는 곳에 간절한 마음으로 문의 메일을 보냈다. 한국인인 내가 캐나다로 가서 그 치료를 받을 수 있는 방법이 있는지, 만일 있다면, 한국에서 먼저 어떤 과정을 취해야 하는지. 많은 메일이 오고 갔다. 지금 상태와 여태껏 받은 치료 과정에 대해 그들에게 전달할 내용을 한 줄 한 줄 쓸 때면 아무 의미 없이 다가왔던 하루가 소중해졌다. 나빠지고 있는 와중에도 전처럼 견고히 제 일을 해주는 내 몸을 이제는 좀 다독여주고 싶어졌다. 주고받는 시간이 치료의 일부라도 되는 것처럼 나는 정성을 들여 메일을 썼다.

그 사이 일 년이 흘러 다시 여름이 왔다. 부산의 주치의 선생님은 내게 하루라도 빨리 수술을 받으라고 권유했다. 이제 결혼도 하고 애도 낳고 살아야지. 응? 이렇게 고운 사람이. 딸 같아서 그래요. 그때, 그 말이 뭐가 그리 아팠던지. 하루라도 빨리라는 말이 가슴을 꽉 쾌들었다. 병원에서 나온 나는 다른 사람이 되어 있었다. 받아들이고 싶지 않았던 현실이 이미 현실로 다가왔을 때의 그 암담함. 그리고 담담함. 말 한마디 나오지 않을 만큼 몸 상태가 최악인 날이었는데도 나는 그 애가 있을 어학원을 찾아갔다. 눈앞에 보이는 학생에게 전화를 빌려 그 애의 번호를 꾹꾹 눌렀다. 몇 번의 신호가 갔을까. 움이였다. 지어낸 꿈 같은 통화가 끊기고 우리는 한 번 더, 그리고 또 한 번 더 통화했다. 두 번째 통화에서는 내가 많이 울었고 세 번째 통화에선 울고 난 뒤의 맑은 목소리로 네가 물었다. 어딘데? 만날래?

3년 만이었다. 성한 데 없는 마음이었다. 서로의 아픔을 눈치채지 못한 척 우리는 시종일관 덤덤하게 서로를 대했다. 건강해라 잘 지내라 언젠가는 우연히 다시 만나자 잘도 말했다. 그러나 수술과 캐나다의 치료에 대한 이야기를 들을 때만큼은 하나도 빠짐없이 기억하겠다는 듯 그 애의 눈은 빛나고 있었다.

너를 만나고 돌아와 네게 썼던 문자들을 읽었지.

움이야, 환하다. 네가 걷는 거리도 이만큼 환하고 이보다 맑았으면. 격무에 시달리다 이제야 사무실을 나와 걷고 있어. 이 얄팍한 체력! 하나님의 사랑이 나를 천하장사가 되게 해주셨으면 좋겠다. 익선동은 한옥이 많아서 좋아. 걸으면 모든 게 더 따뜻해져. 어느덧 성큼 5월. 1월엔 감천에서 오들오들 떨었는데 말이야. 이상했어. 아무 말 없이 너와 마주 앉아 있는 기분이 들었어. 그냥 오늘은 계속 그랬지. 네가 어떻게 생각하든 가끔씩, 너를 위해 숨을 고르며 기도해. 얼마 전 이동우 씨의 〈시소〉라는 작품을 봤어. 길동무라는 단어가 많이 아팠어.

여느 때와 다름없는 아침, 이동우 씨는 매니저분으로부터 한 통의 전화를 받았다는 얘기를 듣는다. 망막 색소 변선증으로 실명 판정을 받은 동우 씨에게 망막 기증 의사를 밝힌 사람이 있다고. 그는 진행성 근이양증이라는 근육병을 가진 40대 가장 임재신 씨였다. "차 안에서 출발도 못하고, 정말 많이 울었어요. 이런 일은 있을 수 없다고 생각했어요. 기억해보면, 그날은 손이 떨려서 아무 일도 못했어요."

유일하게 성하고 유일하게 온전한, 자신의 두 눈을 주고 싶었던 재신 씨의 마음. 그건 아버지의 마음이었다. 다큐멘터리에서 한 번이라도 딸의 모습을 보고 싶어 하는 동우 씨를 보며 자신에게 남은 5%를 주면 되지 않을까라는 생각이 들더란다. 이후 친구가 된 두 사람은 함께 여행을 떠난다. 〈시소〉는 이동우 씨가 임재신 씨의 발이 되고 임재신 씨가 이동우 씨의 눈이 되는 이야기다. 동우 씨와 재신 씨의 제주도 여행기.

움이를 만나고 돌아온 뒤 나는 미국에 갔다. 한국에서 수술을 받아야 할지 캐나다로 가서 치료를 받아야 할지 결정을 내리지 못하고 있었는데 그런 내 상황을 들은 동역자들의 기도 덕분에 미국의 신학대학원에 잠시 머무르게 됐다. 몇 달 전에는 이름도 얼굴도 몰랐던 많은 분들이 내 건강과 앞으로의 치료를 위해 아무 조건 없이 마음을 쏟아 기도해주셨다. 사실 나는 거기서 바로 캐나다에 갈 수 있기를 바랐다. 그런 길이 열리기를 소망했다. 그러나 마침내 내 상황을 모두 전해 듣고, 작성한 문서를 받은 스텝으로부터 얻은 최종적인 대답은 당신이 원하면 올 수 있지만 지금 당신의 상태로는 어떤 것도 장담할 수 없다는 내용이었다. 치료에 드는 비용 역시 만만치 않았다. 예측할 수 없는 치료에 내걸기에는 너무 크고 막막한 금액이었다.

절망스럽지만 안간힘을 다해 걸었다. 새벽 기도를 마치고 창밖을 바라보면 아기 사슴들이 아직 어둑한 학교 앞마당을 누렁이처럼 뛰어다니고 있었다. 걸어야지. 건강해져야지. 어느 곳을 걷든지 생각했다. 우연히 만나자던 너의 말을, 네게 가고 있는 나와 내게 오고 있는 너를 생각했다. 동우 씨가 재신 씨에게 했던 말. 언젠가 기회가 되면 세상을 보는 눈, 그걸 네게 돌려주고 싶어.

움이에게 돌려줘야 할 걸음이 내게도 많이 있다. 어디에 있니. 잘 살고 있니. 서로를 향한 미안함에 어쩔 줄 몰라 하며, 끈덕지게 그리움을 삼키며, 그날처럼 너도 어딘가를 묵묵히 걷고 있을 텐데. 얼마나 더 세월이 흘러야 우리는, 깨끗한 얼굴은 뒤로 물리고 가혹하리만치 아팠다고, 솔직하게 고백할 수 있게 되려나.

오늘, 움이의 인스타그램을 들렀다가 맑게 웃고 있는 움이를 또 만났다. 엄마의 전화가 왔을 때 이미 나는 허탈감과 신열로 범벅되어 있었다. 무슨 일이야, 너 다쳤니? 아무 말도 할 수가 없었다. 수화기 건너편은 1분 간의 침묵으로 이미 아수라장이었다. 왜, 왜! 빨리 말해! 울음을 아무리 싸쥐어도 말들이 헤집어졌다. 엄마, 지금 그 애가, 토론토에 있어.

나의 바람대로 되었다면 내가 있었을 그곳. 가야만 했고 가고 싶었던 그곳에 거짓말처럼 지금, 너는 있다. 영화의 한 장면이 떠오른다. 재신은 평생의 꿈이었던 스킨 스쿠버를 하기 위해 랩으로 몸을 칭칭 감고 있다. 스킨스쿠버 전문 다이버들의 도움을 받아 그가 겨우겨우 물속에 들어가자 동우는 걱정스러운 마음을 못내 삼키며 양희은의 '그대가 있음에'를 흥얼거린다. 조심히 다녀와. 오늘도 네가 있는 곳에 갈 수 없는 나는 이 노랫말을 네게 띄워 보낼게. 다음에는 같이 가자. 내가 할 수 있었던 가장 최선의 거짓말을 오늘만큼은 진짜 약속처럼, 지킬 수 있는 약속처럼 말해볼래. 같이 가자. 다음에는, 꼭.

아름다운 그대,

세상의 그 어떤 어려움도

난 두렵지 않아 이 사랑 때문에

절망이 우릴 막는다 해도

그대가 있음에

슬픔이 슬픔을

눈물이 눈물을

아픔이 아픔을

안아줄 수 있죠

당신이 필요하다는 말

몸이 좋지 않을 때도 찾고 싶어지는 사람이 생길까. 그런 의구심을 품던 적 있다. 아흐레 전 주사 치료를 받고 나서는 고개를 조금만 수그려도 얼굴과 눈꺼풀이 붓는다. 펜을 들면 볼이 부풀었다가 갈라지는 느낌. 쓸 수 없게 되자 걷는 것만이 남는다. 걷다 보니 누군가를 찾아갔다. 나는 한참을 걷고 있었다. 입술의 작은 움직임이 조붓한 조합을 만들어냈다. 무슨 말을 하고 온 건지 기억나지 않는다. 당신이 필요하다는 말을 당신이 못 듣게 말하고 온 것도 같다. 언어를 내버려 뒀다. 나는 침묵에 붙박여 말할 수만 있기에.

쉬운 표현

한 친구가 정성 들여 편지를 쓰고 있었다. 학기 초부터 잘 보이지 않아 무슨 일이 있나 싶었는데 휴학을 하려고 했단다. 잠깐 쉬고 싶었다고, 신학 공부가 적성에 맞지 않는 것 같았다고. 이제 좀 마음을 정돈할 수 있게 되어서 그동안 수업을 거른 이유와 송구함을 교수님들께 건네는 게 좋겠다고 생각했다는 것.

교수님께 편지를 내미는 그 친구의 손을 옆에서 지켜보는 동안 나의 그간의 망설임에 무엇이 잘못되었는지를 알 것 같았다. 다른 방식을 빌려 볼걸. 강의를 들은 뒤 어렵사리 말문을 열 기회가 생기면 치료를 받고 있다고만 말하고 다른 화두로 돌리려고만 했다. 속이 상했다. 어떻게 힘이 빠지는 거며 고개가 들리지 않는 거며 다 말해보아도 신학을 한다는 사람이 이리 약해져서야 되겠냐는, 기도는 안 하냐는 소리를 듣는 게 그렇게 아팠다.

하루마다 약을 찾는 횟수가 늘어났다. 차라리 저 친구처럼 편지라도 썼더라면, 무얼 말할지 고민하기보다 한 글자씩 펼쳐 갔더라면 어땠을까. 소박하고 간단하게 마음을 전달하는데 서툴러서 자꾸 돌아갈 표현만 찾았다. 사람들은 쉬운 표현을 가장 어려워하기 때문에 서로를 상처 내는 게 아닐까. 솔직하게 써서 전하기만 했어도 좋았을 순간들이 좀 전처럼 떠올라 마음이 까끌까끌하다.

감사합니다

내 가슴 한곳에 산처럼 쌓인 단어들.

언제쯤 나는 이 단어들을 말할 수 있게 될까요?°

농담처럼 누가 그러대. 나 몸 좋을 때 옆에 있는 사람은 무슨 죄냐고. 말이 잘 나오는 날엔 굉장히 욕심을 내거든. 두 사람이 되어 거리낌 없이 별 뜻도 없이 시간을 보내보기. 어떤 사소한 얘기라도 좋은 거야. 함께 웃기만 하면 돼. 어제 당신을 만나고 돌아오면서 미안해졌어. 너무 늦게 깨달은 기분이랄까. 그래, 늘 승낙해주기도 쉽지 않았을 거야. 아까도 소극장을 못 찾아 지나가는 사람에게 안내를 받고는 어눌함 때문에 외국인이냐는 물음을 받았어. 대개 그렇다고 답하곤 했지. 설명마저 잘 안 나오니까. 한데 당신에게 '친구라면 적어도'라는 구실은 뭐람. 친구라면 나를 담담히 바라볼 줄 알아야

° 샤론 M 드레이퍼, 『안녕, 내 삐끔거리는 단어들』

한다는 듯이 우겨댔어. 친구니까, 몸이 좋아서 많이 말할 수 있는 그런 날은 꼭 함께 있어 줘야 한다고.

얼마 전 『새벽 세 시의 몸들에게』라는 책을 펴낸 저자분들의 강의를 듣다가 김영옥 선생님이 하신 말이 나를 흔들었어. 선생님은 우리의 언어습관에서 '니까'를 빼는 연습을 해야 한다고 하셨지. 장남이니까라는 말로 요구되는 독박, 가족이니까라는 말로 당연시되는 책임. 당연한 건 없는 거잖아. 선생님은 우리 모두가 '니까'의 표현에서 '로'의 표현으로 건너갈 때만이 상호 평등한 관계를 유지할 수 있다고 강조하셨어. 가족이니까 돌본다는 말보다 가족으로 돌본다는 말이 훨씬 포근하고 따듯한 말이듯이 말이야. 나는 왜 그동안 당신에게 '친구로' 머물러달라고 말하지 못했을까? 그것이야말로 내가 하고 싶은 말이었는데.

가끔은 이 노트북을 짊어지고 밖을 나오는 스스로가 신기하다. 지난번 당신은 내게 넘어지지 말고 잘 보고 다니라고 했다. 모든 길이 미끄러운 눈길 같다. 운동하러 나갈 땐 활기찬 상수동의 거리에서 오탈자처럼 걷는다. 나는 절대로 더 좋게 고쳐지지 않는 걸음으로 참된 무언가를 계속 쓰고 있다. 똑같은 치료도 먹힐 때가 있고 안 먹힐 때가 있어 편차가 심하다. 고되고 어려운 연습을 지나왔다. 당신과 걸으려고. 그러나 놀랄 정도로 몸의 경직이 줄고 발음이 분명해지는 틈을 타서 소통을 늘리려는 마음, 얼마나 이기적인가. 예상하지 못한 좋은 소식이라도 만난 것처럼 어떻게라도 당신과 줄 서 있으려고 했다.

벗이여, 들어주기만을 바랐던 무심한 처우를 용서해주세요. 함께 걸어달라는 말 하나로 쉽게 만남을 요청했던 거 맞아요. 당신이 나를 오해하는 것도 옳아요. 애정의 표현을 주변에 두는 게 어떤 기분인지 궁금해지는 날이 있어요. 모든 게 어렴풋한 시간일 뿐인데 조심스럽게 기억을 옮겨보면 절대로 다시는 되밟을 수 없는 여행지들이 생생해져서 신나기도 했지요. 무작정 아늑함이 그리웠어요. 다녀온 곳이고 기쁘게 배워갔던 것인데도 나는 이미 그것들을 나의 몫으로 남겨두는 법을 지워버렸어요. 마음대로 당신이 내 옆에서 버텨주기를 바랐어요. 이용하려던 건 아니에요. 어제는 부끄러웠어요. 너무 오래 머무르게 한 게 아닌지, 그동안 건강한 순간들 억지로 잡아 두려는 내가 얼마나 많았는지. 다 알진 못해도 차마 입밖엔 낼 수 없는 불편함을 감추느라, 애써 마음을 숨기느라 힘겨웠을 텐데. 멀리 돌아서 잠깐만 들렀다 가는 나를 그대로 받아줘서 감사해요. 묵묵히 나와 걸어준 사람들에게 감사합니다.

들음 안에서

맹인 환자들의 공간 개념에 대한 폰 센덴의 책을 빌려 애니 딜라드가 이야기하고 있는 사례들은 흥미롭다. 어떤 환자들은 수술을 받고도 가까운 주변만을 바라보려고 하며 자기 시각을 사용하지 않으려 한다는 거다. 그들은 수술을 받은 후 새로운 세상에서 각양각색의 조각을 만난다. 기뻐하고 경탄한다. 그러나 점차 '봄seeing'으로 인한 고통이 겹쳐진다. 심미적 잣대로 인해 절망하며, 수치심이나 질투라는 감정과 맞닥뜨린다. 이전의 완전히 보이지 않는 상태를 재현할 때만 안정감을 찾는다.

계단을 내려갈 때면 평소대로 팔을 뻗어 눈을 감아버리는 환자처럼, 나는 말하는 중에 기도하지 않는다. 나는 내가 소모하는 말을 원하지 않는다는 사실을 깨닫는다. 침묵을 그대로 주께 내어드린다. 그리고 그분의 기도가 받아들여지게 한다. 주 여호와께서 말씀하셨사오니. 주의 말씀대로 행하소서. 배우는 자의 열린 귀는 듣기를 속히 하며 (말하기를 더디 하고)

들은 것만을 말한다. 침묵은 말과 일체 접촉하지 않는 순간이 아니다. 들음 안에서 빈 그릇이 되는 것이다. 영이요 생명인 말.° 내가 이런 식으로 기도할 때 비로소 진실하게 침묵할 수 있다. 말을 일으키는 자가 내가 아니라는 사실에 찬탄한다.

° 「요한복음」 6장 63절

느린 받아쓰기

절전 모드의 노트북 화면에 조금은 불안해 보이는, 쑥 들어간 눈이 비친다. 주변의 분주함과 웅웅거리는 소음이 선명해질수록 나는 먼 그림처럼 가라앉는다. 여기 앉은 지 벌써 다섯 시간이 흘렀고 옴짝할 수 없을 만큼 육신 마디마디가 뻣뻣하다. 갈증에 목이 타들어가듯 바싹 발는 느낌이다. 그때 다만 한 걸음이라도 떼기 위해 둥두렷이 움터 나온 시. 수많은 시냇물과 함께 작은 마을을 이루기 시작한다. 느린 받아쓰기를 주님께서 안아주신다. 짧고 초라한 말들을 소중히 다루시는 하나님을 느낀다. 나의 손은 그 어느 성찬 때처럼 맑은 그늘로 짙어진다.

이름

조그만 방으로 들어왔어요. 카페 안에는 좌식으로 된 이런 방들이 살랑이는 커튼 뒤로 여럿 있어요. 내가 여기 왔다는 건 이제 적는 것 외에는 전부, 심지어 창문을 살피는 일도 힘들어졌다는 뜻이에요. 일 년 만이군요. 이 자리에서 다시 쓰기 시작했어요. 여태까지 하루도 거르지 않고 쓰는 것으로만 살았어요. 단번에 이루어지는 일은 없는 거예요. 오직 쓰기 위해서 정직하지 못한 밤 모두를 쳐냈어요. 어떤 끈질긴 결심이 있지 않으면 닿을 수 없는 어딘가로 밀어 넣어졌지요. 읽는다는 게 무엇인지를 알았답니다. 다섯 살의 내게 동화책 몇 구절들은 노래 같은 거였어요. 그걸 늘 외우고 다녔어요. 아이일 적의 목소리로 한 문장씩 읽어가는 즐거움이 아니면…… 이제 읽지 않기로 했습니다. 당신도 아시겠지만 당신을 알아가는 내내 나는 침묵을 배우고 있습니다. 어제 주문한 책은 읽어 낼 엄두가 안 납니다. 얼마 만에 당신의 이름을 텍스트에서 발견하는가요. 용기를 내 밖으로 나왔습니다. 이걸 읽으려고요. 운동하러 나올 때가 아니면 외출을 피했습니다. 그런데 당신을 읽고 당신에게 쓰는 일은 늘, 만남이 돼요. 봐요. 이름에 익숙해지면 당신이 아닌 누구와도 마주치는 게 아닙니다.

침묵

내가 그를 본 것은 순전히 우연이었다. 집 근처 산책로에 나갔다가 반대편 놀이터 쪽에서 빠르게 걸어오는 한 사람을 봤다. 그는 성큼 나를 가로질러 탄화목을 두른 나무 박스 모양의 건물로 들어섰다. 나빠지는 기억력 때문에 신경인지검사를 받은 게 한 달 전의 일이었다. 의사는 내가 동일 연령의 표준 데이터베이스와 비교했을 때 모든 면에서 떨어진다고 했다. 조금 더 자세히 얘기해줄 수 있냐고 묻자 말을 아끼며 많이 안 좋다는 대답을 되풀이했다. 친구가 무겁게 털어놓은 속 이야길 새하얗게 잊어 오해가 자란 후부터 사소한 일도 일일이 기록하는 습관이 생겼다. 그의 걸음걸이는 그를 처음 만났던 2년 전을 그대로 옮겨놓은 것 같았다. 얼굴을 확인한 게 아니었다. 그의 형체를 본 순간 수첩에 적은 그날이 생생하게 떠올랐다. 빼곡히 기록된 그날, 그의 카메라가 바짝 쭈그러진 근육의 부위들을 펴고 있다고 생각했다. 그날 이후 나는 다른 사람이 되었다. "내가 당신을 찍고 나면 당신은 더 이

상 같은 사람이 아니에요." °

얼굴에 붉은 선들이 올라왔다. 카메라 앞을 똑바로 보는 것만으로도 등과 겨드랑이, 허벅지까지 땀이 찼다. 주머니 안으로 밀어 넣은 손가락은 갈고리 모양으로 굳어갔다. 작은 대답을 건넬 때조차 호흡이 가빠왔다. 한 시간이 흐르자 두 다리는 이미 내 것이 아니었다. 축축하게 이마에 들러붙은 머리카락 한 올을 귀 뒤로 넘길 힘마저 남아 있지 않았다. 꾸역꾸역 몸담았던 직장을 그만두고 실의에 빠져 심신이 무겁게 짓눌리던 때였다. 현실 앞에 무너지지 않겠다는 다짐을 하며 사진관에 예약을 잡았다. 사진관 문을 여는 순간에도 지나온 끔찍한 시선들이 발목을 잡아챘다. 뒤돌아 도망치고 싶었다.

중학교 시절 따돌림을 당한 뒤부터 사람들의 시선이 무서

° 홍상수, <클레어의 카메라>

워졌다. 눈을 맞추며 이야기하거나 네댓 명 이상이 모인 자리에 둘러앉아 담소를 나누는 일에 절대 익숙해지지 않을 것 같았다. 그러면서도 간절히, '함께'가 주는 공간성을 원하고 선망했다. 내게 시선은 하나의 촉각으로 작동했다. 시선이 닿으면 몸의 온 부위가 아팠다.

사진에 대한 공포가 생긴 것도 같은 이유에서였다. 카메라의 렌즈는 사람의 고정된 시선처럼, 눈동자처럼 부딪혀 피부가 사라질 때까지 생채기를 냈다. 제대로 된 사진 한 장을 건지기 위해서 몇십 번은 셔터를 눌러야 했다. 플래시에 예민하게 반응하는 몸은 커다란 빛에 전류라도 튄 듯 세차게 뒤로 넘어가 경련했다.

그날 사진관에서의 일을 두고 나는 작은 기적이라고 부른다. 그날을 기점으로, 카메라 앞에서 떨림이 가라앉기 시작했고 거짓말같이 두려움도 자취를 감췄다. 그 사진작가의 시선이 바라본 것은 말의 배면이었다. 천천히, 오랫동안, 다시, 침묵을 담아냈다. 중간중간 등을 보이며 마음을 가다듬는 나를 말없이 기다리며 함께 인내하고 아파해줬다. 나는 우리가 한 사람의 침묵을 바라보는 방식이 깊이를 헤아리는 방식과 비슷해야 한다고 생각한다. 어릴 적 살던 마을에는 냇물이 흘렀다. 물장구치는 언니들을 지나 돌길을 따라 내처 걷다가 깊어진 물에 빠진 적 있다. 외현적 크기나 길이는 눈으로 가늠해볼 수 있지만 깊이는 다르다. 깊이는 조망하는 나가 아니라 경험하는 나의 영역이다. 이처럼 침묵은 눈의 수렴 영역이 아니라 관계의 영역이다. 자리를 지켜내고 끝까지 두려움과 싸운 것은 나 혼자가 아니었다. 그는 사력을 다해 나를 바라보고 있었다. 어쩌면 나보다 그가 더 힘들었으리라. 지울 수 없는 한 시간을 함께 겪었다.

우리를 바꾸는 것은 거창한 무언가가 아니다. 변화는 한 사람에게서 오고 한순간에서 온다. 하나의 이름, 한 토막의 시구, 잊지 못할 한마디. 질병이 나를 찾아온 뒤로 작디작은 것들의 소중함을 체감하는 삶을 살아왔다. 한순간이 얼마나 낭비될 수 없이 무거운지, 내가 건네는 한마디가 다른 이의 삶을 어떻게 바꿀 수 있는지 깨닫는 삶의 연속이었다는 거다. 나를 괴롭혔던 아이들의 시선에서 벗어나지 못했던 시간, 그 시간으로부터 나를 끄집어내고 일으켜 세워준 것은 사진작가가 내게 준 진심 어린 침묵이었다. 지금도 사진을 찍어야 할 때마다 그가 나를 찍고 있다고 생각한다.

말과 말 사이

궁금했다. 다른 사람들은 이 침묵을 어떤 이름으로 부를까. 말이 소리로 나오기 전의 옅은 떨림, 긴 고요를. 궁륭 아래를 닮은, 기도하는 여인의 뒷모습 같은 그것. 거기서 사람들은 심연으로 내려가 한 번도 듣지 못한 자신을 듣는다고 했지. 소란한 세상에서 벗어나 휴식을 누린다고 했어. 나는 아닌데, 나의 말은 원래 광야였고 잎과 잎 사이를 웅성거리는 바람이었는데…… 태어나기 전부터 나는 침묵이었지. 기도였지. 그래서 언어 너머, 리듬과 운율로 미끄러지며, 들리지 않아서 더욱 들리는 누군가에게 닿아갔지.

대화의 순간은 더없이 소중해진다. 어디에서건, 누구와 있건 나는 그 순간에 충실하려 애쓴다. 아는가. 말에는 질감이 있다. 낡은 종이 같은, 덧바른 유화 물감 같은, 돌출된 뼈 같은, 꼭 맞는 앙고라 목티 같은, 싸락눈에 젖은 길고양이의 감촉 같은. 그걸 느끼는 게 싫지 않았다. 밤마다 내가 들은 말과 뱉은 말, 그 모든 말들이 다가와 말 너머의 것을 말해준다. 군데군데 칠이 벗겨진 말도 지나고 나면 더 다정해지고, 노랗게 떠돌던 부표 같은 말들은 맹렬한 허기가 되어 새벽을 흔든다. 그때, 당신이 무슨 말을 하려다가 멈췄는지, 왜 눈을 감았는지 나는 그것을 짯짯이 느낀다. 당신의 말은 적시에 도달했지만 내 귀가 멀어서 늦게 들은 날도 있고 반대로 때 지나 우러난 나의 말이 새로 덖은 우엉처럼 당신 입안에서 매끄럽게 이해되는 날도 있었다. 뱉어낼 때는 무른 반죽이었지만 엉기는 말의 외면이 아닌 내면을 기억해줘서 당신 안에서 가마득히 단단해진 말도 있을 것이다. 세세한 기억은 잃고 있으면서도 침 얼룩처럼 입가에 말라붙어 있는 말들. 한 여드레 머문 말도 있고 몇 년씩 살았던 말도 있었다고. 있잖아, 말해주고 싶었어. 말과 말 사이, 난 여기서 살아가고 있어.

선포

여름성경학교를 일주일 남겨두고 있다. 선교팀 기도 제목을 놓고 기도하는 동안 하나님께서 이사야서 41장을 읽게 하셨다. “두려워 말라 내가 너와 함께 함이라 참으로 너를 도와주리라 참으로 나의 의로운 오른손으로 너를 붙들리라”

나의 충실함이 아니라 하나님의 신실하심을 바라본다. 두려워하지 않고 믿음의 주인이시요 온전케 하시는 이를 바라본다. 그러나 어느새 염려 섞인 기도를 하고 있었다. 이런 몸 상태로 말씀을 전할 수 있을 것인지, 설교를 하다가 말이 잘 안 나오면 어떡해야 할지……. 못난 질문들을 보라. 나는 아직도 이런 질문이 하나님의 도우심을 의심하는 교만임을 깨닫지 못하고 있다. 정함이 없이 불안정한 마음은 요동하는 바다 물결과 같아서 두 마음을 품게 한다. 부족함을 채우시며 주시되 후히 주시는 하나님을 굳게 믿지 못하는 것이다. 나는 왜 나를 바라보는가. 나를 의지하려는 것보다 궁극에 달한 교만이 또 있는가. 그리스도가 어떤 분이시며 무슨 일을 하셨는지 기억하지 못하는 한 내 안에 화평은 없으리라. 염려하는 영혼, 그분의 집에 거하면서도 영광의 아침을 신뢰하지 못한다. 주여, 주를 바라보게 하소서. 내게 할 말을 주시는 분은 주님이십니다. 말하는 이는 내가 아니라 내 속에서 말씀하시는 아버지의 성령이십니다.°

주치의가 말하길 지금 먹고 있는 약과 기억력이 아주 밀접한 관련이 있단다. 되도록 줄이는 게 좋을 거란다. 시닌 [illegible]기에 지나친 양을 무분별하게 삼키고부터 증상이 더 심각해졌다. 나는 지금 손에 쥔 네 장의 원고조차 외우지 못하고 있다. 정신이 혼몽하다. 애를 써 봐도 다음 날이 되면 하나도 빠짐없이 지워지는 기억 때문에 탄식이 나온다. 고스러진 무릎과 기도, 이 더디고 무거운 말을 그분 앞에 내려놓는다. 주님은 구하는 자를 책망하거나 멸시하지 않으시고 가장 좋은 것으

° 「마태복음」 10장 19~20절

로 넘치게 주신다. 오직 온전한 믿음만이 구하는 것을 가능케 함을 가르쳐주신다. 주여, 주의 이름을 되뇌는 새벽 외에는 가진 게 없는 사람을, 주의 손과 말씀으로 자라게 하시니 감사드립니다. 선포가 삶이 되게 하소서. 아멘.

집

집에 가고 싶었어요. 어디에도 없는 그 집을 찾아가고 싶었어요. 온몸이 아파오는 아침 빛에 절망스럽게 세워질 때마다 나는 습관처럼 중얼거렸어요. 집에 가고 싶어. 집에 가야 해. 조치원에서 얼어붙은 교정을 걸으며 알았죠. 언젠가 내가 꼭 감추어져 울었던 당신 품이 바로 내 집이었다는 것을. 나는 증인 당신을 생각했어요. 어떤 미움도 원망도 당신을 기다리지 않게 할 순 없었어요.

우리가 오랜 시간을 건너 다시 만난 오늘, 이해하려고 애쓰지 않아도 당신의 모든 게 이해돼버렸다고 나는 말했어요. 당신은 그게 사랑한다는 말이라는 걸 끝내 모르더군요. 나는 부서지도록 웃고 또 웃으며 당신과 나 사이에 있는 테이블에 몸을 비끄러맸지요. '울지 않을게요. 두고 봐요. 나는 이제 당신을 힘들게 하거나 붙들어 두지 않아요. 더 이상 당신에게 아프다고 말하지 않을 거예요.' 속으로 비장하게 외치면서요. 그러나 알아요? 역에서 만난 그 첫 순간에도 나는 당신을 알아보지 못했어요. 먼 음영들 중에서 당신을 골라내느라 한참 분주했다고요. 나는 그게 행여 또 당신에게 상처가 될까 봐 노심초사했어요. 내 몸이 미웠어요. 마주 앉고 당신이 했던 말, 그래도 얼굴은 좋아 보이네. 그 말을 듣고 너무 기뻐 견딜 수 없었지요. 어린 날의 나처럼 지쳐 있지 않으려고 나는 얼굴이 짜개질 때까지 그 웃음 지켰어요. 환한 나를 남겨주고 싶었어요. 돌아가는 KTX 안에서 당신이 준 칼릴 지브란의 책을 펼쳤어요. 접혀진 부분을 만지작거리다 마침내 숨도 못 쉬고 울었어요. 비록 길이 험하고 가파를지라도 사랑의 날개가 그대들을 감싸 안을 땐 전신을 허락하라. 사랑이 그대들에게 말할 땐 그 말을 믿으라……. 당신에게 미안해요. 당신을 쓰다듬고 싶었어요. 그래서 당신 모르게, 그 손이 마지막 악수를 청할 때 당신에게 나를 묶어버렸어요. 좋은 사람을 만나거든 다시는 같은 실수 말고 놓치지도 말라는 말 저편에서, 나는 애타게 말하고 있어요. 그대로 당신은 나의 집일 거예요.

미안해요.

우리 언젠가 우연히 만나거든 처음처럼 만나요. 전과 같이 서툰 표현들은 버리고, 찬연히 서로를 바라보며. 당신과 내가 함께 만든 실패가 이미 있으므로 더 단단히 서로의 결을 메워줘요. 나의 아이, 나의 사람아. 나도 솔직하지 못했어요. 오늘은 잘 가요. 예쁜 사랑도 하고 어머니도 자주 안아드리고 당신이 가보고 싶은 곳들 원 없이 다니면서 살아요. 그러나 가끔은 집을 그리워하듯이, 여행길이 너무 길고 고단해 드문드문 집 생각이 나듯이 한 번씩은 꼭 나를 기억해줘요. 그렇게 꿈에서라도 나를 안으러 와요.

사랑

생명을 돌보는 것이란, 유기되고 외로운 기도를 함께 지내는 것.

사랑은 서로를 높이며 서로를 위한 연대에 호소한다.

세부를 보는 일

얼마 전까지 동봉한 편지들 전부를 건넬 수 있으리라고 믿었다. 그러나 내민 손을 제자리에서 빙빙 돌게만 하는 것. 가난을 시늉으로 할 수 있는 이는 없는데 그들은 그들이 찾은 자질구레한 추위에만 곯고 있다. 경시와 농담이, 소수의 더듬거림을 뭉뚱그리는 데 합세한다. 가난의 속성을 대강 획일화해버리고 보이지 않는 아픔을 일일이 드러내기를 유도한다. 고통받는 자들을 사랑하는 것은 우리가 아니라 우리 안에 있는 하나님이라는 한 대목을 시몬 베유의 책에서 가져온다. 세부를 보는 것에 의해서만 선에 다가갈 수 있다. 그분은 우리를 알아보시고 지나치지 않으시며 작은 신음에도 응답하신다.

영혼을 위한 일

가슴속에 고일 것 같은 누군가의 말은 손으로 써 봅니다. 무작정 참으면 삼켜질 수야 있겠지만, 잘못 아파하지 않기 위해 삼킨 부분을 꺼내고, 억지로 희석시키지 않고, 제대로 고쳐나가기로 합니다. 수시로 몸 상태가 나빠지는 제가 아무리 최대치를 쏟아붓는다 한들 할 수 없는 사역들이 있는 건 당연합니다. 반박할 일도 아닙니다. 그러나 이런 몸으로 하나님의 일을 할 수 없다는 말은…… 어쩌면 그런 지적을 듣는 것보다 그런 말을 하고 있는 사람 자체가 놀라운 것이지요. 이런 일들을 다시는 글로 쓰지 않았으면 했습니다. 자신의 기준을 토대로 무언가 증명되지 않을 것처럼 보이면 거리낌 없이 심령을 짓이기는 일은 당신이 그리스도인이라면 해야 할 일이 아니니까요.

진부한 "너는 할 수 없어. 준비되지 않았어"라는 말은 끝끝내 아픕니다. 어떻게든 저를 이 종이로 붙들어주지 않으면 하나님이 지혜라고 부르는 일을 제 영혼이 어리석은 것으로 여길까 봐 얼른 필기구를 들고 앉았습니다. 우리 중에 온전히 준비된 자는 대체 어디에 있을까요? 온갖 의미 없는 욕설보다 더 추악한 것은 남을 깎아내려 실족하게 하는 말입니다. 생각합니다. 스스로 이로움이라 믿는 말을 하면서 상대편의 노력을 허공에 버둥대는 것으로 만들진 말아야겠구나. 또한 자기를 높이 여겨서 타인의 걸음을 선불리 뜯어고치려고 하지도 말아야겠구나. 여러분, 어떤 이의 이런저런 처신이 세월에 수그러들 것처럼 약해 보인다고 칩시다. 자기 고집에 안달이 나 있는 것처럼 보여요. 그럼에도 불구하고 그가 힘을 낼 수 있도록 그의 꿈을 신뢰해주며 진실 어린 응원을 보냈던 적이 언제였습니까?

한 사람의 소통 방식이 서툴지라도 앞으로 나아가는 중이라는 걸 믿는 일, 기껏해야 사나흘밖에 버티지 못할 것처럼 보이지만 어쩌면 20년 뒤에도 그가 신실한 자로 달려가고 있을지도 모른다고 믿는 일, 상대를 신뢰하는 **그 일**이 얼마나 더 외부의 가치에 달려 있어야 합니까? 기도 속에서 굳게 선 사람이라 할지라도 함부로 건네는 예단의 말을 듣고 아프지 않을 사람은 어디에도 없습니다. 제아무리 타당해 보이고 실질적인 권면이라 할지라도 해선 안 될 말이 반드시 있습니다. 우리가 자주 놓치는 게 이거예요. 정직한 대안을 애정으로 가늠해준다는 건 그래, 참 고마운 일이지요. 진심으로 감사할 따름입니다. 그러나 선한 일에 본을 보이고 책망할 것이 없는 바른말을 해야 할 자들이 도리어 예수 안에서 작은 자의 행사와 소망에 제한을 두고 있다면, 습관적으로 가난한 자의 재물을 탈취하는 자들과 무엇이 다릅니까? 공동체의 덕을 짓밟고 그네들이 얻은 것은 대체 무엇인지요?

무조건 할 수 있어 하고 호기롭게 말하며 대책 없이 한계를 부정하려는 게 아닙니다. 제 자신의 일천한 역량을 모를 수 없습니다. "네가 무슨 일을 할 수 있을 것 같아?" 물으면 늘 "영혼을 위한 일이요"라고 대답했지요. 영혼을 위한 일이라는 꿈은 너무 추상적이라고, 그런 마음으로 글은 쓸 수 있을지는 몰라도 설교를 하거나 매주 현장에서 뛰는 사역에는 임하지 못할 거라고 예단하는 이들이 있었습니다. 그들은 제가 무언가를 세세히 말하려는 순간 또 지적하며 몰아세웁니다. 소망을 감상으로 매도하면서요. 그런 순간이 치가 떨릴 만큼 두려웠습니다. 그 두려움을 나누지도 못했던 건, 그들의 농담을 제가 너무 진지하게 받아들였을 거라는 장담이 다시금 돌아오기 때문이었습니다. 그런 의도가 아니었을 거야. 심각해지지 마. 핏기가 싹 가시는 것 같았지요. 정말 그런 걸까요? 그 말들이 과연 정말 농담이었을까요? 가벼운 농담 한마디에 삐거덕거리며, 제 영혼이 일만 가닥으로 부서져 나간 걸까요?

그 주일, 교회 카페에 앉아 있던 스물네 살의 제가 원했던 건 꺼져가는 심지를 끄지 않으시는 주님의 마음으로 그들과 대화를 이어가는 것이었습니다. 제가 정말로 꿈을 버린다 한들, 그런 말을 냉소적으로 뱉을 수 있는 이들보다는 나은 사람이 되리라고 다짐했습니다.

건강의 염려라는 좋은 걸면을 싸서 자신의 판단에 비추어 보는 말이 마치 제 노력이 현실성을 결하고 있는 듯이 꼬아 듭니다. 어떻게 괜찮다고만 해야 할까요? 저는 조금도 괜찮지 않았습니다. 제가 생각할 수 있는 전부는 무엇이 되었든 어떤 자리가 되었든 주님이 필요하신 곳에 쓰임 받는 하나의 도구로 살자는 것. 한없는 사랑을 베푸시는 은혜의 복음을 매순간 기뻐하리라는 것. 저는 많은 사람들이 주님이 주시는 위로를 경험하기를 원합니다. 그리고 누구도 다른 이의 소망을 평가하지 않기 바랍니다. 구부러진 말을 네 입에서 버리며 비뚤어진 말을 네 입술에서 멀리하라.° 우리의 언어는 듣는 사람의 마음을 살펴야 합니다. 영혼을 세워주는 언어를 사용해

° 잠언 4장 24절

야 합니다. 그리스도는 지금 이 순간에도 산산이 부서진 마음들을 치유하고 계십니다.

눈물

강의실에서 반나절을 보내느라 층이 비워지는지도 몰랐다. 복도를 돌다가 아무도 없다는 걸 알고 의자에 미끄러져 울었다. 그분의 거리를 내 인내가 잃을까 봐. 예수님께서 거리로 나서신 이유는 그분께 다다를 수 없는 이들을 찾아가시기 위함이셨다. 길 끝에는 그분의 친구들이 있었다. 약하고 병든. 나는 누구의 친구로 살아갈 수 있나. 손길이 창으로 갔다.

주께서 나를 꼭 안아주신다.

밖

이삿짐을 정리하다가 교회에서 일할 당시 들고 다니던 작은 수첩을 발견했다. 무심코 펼쳐보니 갈겨 쓴 메모들 사이 눈길이 가는 세 문장. '심방을 가면 힘들어도 자세를 똑바로 할 것, 쳐다보는 시선이 많으니 찬송을 크게 부를 것, 앉아 있는 모습이 은혜가 되지 않으므로 유의할 것.' 함께 일했던 전도사가 내게 했던 말이었다.

권사님의 집에 심방을 다녀온 그날, 나는 예배보다 내 앉음새와 몸짓에 신경을 쓰라는 요구를 받았다. 찬송을 부르면서도 웅얼거리는 목소리를 의식해야 했다. 그가 내게 그것들을 강요했을 때 나는 수치스럽지만 순응할 수밖에 없었다. 있는 그대로의 모습으로는 어디서도 용납될 수 없는 냉혹한 현실을 여느 때처럼 받아들일 수밖에 없었다. 그는 또박또박 말했다. 홍전도사님 모습, 보고 있으면 은혜가 안 돼요.

《주간 문학동네》 연재에서 김원영 씨가 쓴 「꽃핀 아이들의 그늘에서」라는 제목의 글이 떠오른다. 글을 읽다가 이 단락에서 눈물을 쏟았던 기억도.

> 소근육은 글씨를 쓰고, 젓가락질을 하고, 상대방과 눈을 마주치고, 필요한 만큼 미소 짓고, 이를 꼼꼼히 닦는 데 필수적이다. (…) 소근육은 보다 '사회적' 존재로서 요구되는 활동에 관여한다. (…) 당시 그의 머릿속에서, 동등한 시민이 되는 조건은 이렇게 정리되었다. 장애인이라면 대근육의 활동을 최소화하라. 어차피 네가 '장애인'이라는 사실을 남들도 다 알고 있으므로, 그런 움직임을 못하는 '무능력'은 사회가 얼마간 용인할 것이다. 단, 반드시 '문명인'으로 행동하라. 사회의 예의에 필요한 섬세한 표정과 제스처를 습득하라. 걷지 않아도 좋으니 음식을 흘리지 마라. 몸을 숨기고 글과 말로 자신을 표현하라. 에너지가 넘쳐나도 춤은 추지 마라.

보기 안 좋아요. 전도사답게 계세요.

나는 절대로 '사역자다운' 면을 원하는 자리의 사역자가 될 수 없었다. 그런데도 우리는 괜찮은가? 몸짓이 흐트러지고 반듯한 자세로 찬송하지 못해도? 불분명한 어조와 발음을 감정적이고 안절부절못하는 태도로 단정하는, 소근육을 정교하게 사용하지 못하는 장애인의 모습을 동등하게 대우해주지 않는 사회에서, 순간순간의 억압과 눌어붙은 통념을 분세로 여기는 것이 단지 나의 신앙과 마음을 관리하지 못함 때문인가. 내가 이대로 부족해도, 그들이 만든 기준 '밖'에 있는 사람이어도 정말 괜찮은 것인가. 나이와는 상관없이 어린 아이 취급을 받으며 볼을 꼬집히고, 논의를 바라면서도 중얼거림밖에 내지 못하는 우리는 이대로 괜찮은가?

하나님이 주신 사역과 섬김의 자리에 감사하면서도 누군가의 집어 흔드는 말에 부러진 내면이 아물기를 기다리는 시간은 고통스러웠다. 나의 유일한 소망은 하나님이 주신 피조

물의 삶, 바로 교제 안의 삶이었다. 그러나 교역자실에 홀로 앉아 가라앉던 마음. 함께 일하는 동료들은 치료 일정으로 인한 쉼을 특권이라 불렀고 갑자기 바뀌는 몸 상태가 회피로 치부되는 경우도 왕왕 있었다. 주변 사람들에게 이런 상황을 털어놓을 때도 그랬다. 사람들은 듣지 않고 '보려고'만 했다. 내 '격양된 제스처'와 '일그러진 표정' 때문에 받아야 했던 의문과 판단. 그들은 내 말을 반신반의했다. 네가 왜곡해서 받아들인 것 같다거나 요즘 같은 세상에 누가 장애인한테 뭐라고 하냐는 식이었다.

그때 나는 얼마나 약했나. 그토록 자주 무너지고 울어서가 아니라, 그게 그렇게 서러울 일이었나 싶어서가 아니라, 나의 문제에 대해 잠깐이라도 나눌 수 있는 사람들만 있다면 살 것 같다는 간절함을 누를 수 없었기에 말이다. 그리고 상대가 나의 고민을 존중해주고 있다는 믿음은 너무 빠르게 찾아왔다. 나는 신뢰감을 갖고 싶었고, 스쳐간 위로의 시간들을 꿰

매서라도 나를 있는 그대로 들어줄 수 있는 사람들이 곁에 있음을 믿고 싶었다. 나의 말들이 경청되고 있다는 믿음을 버릴 수 없었다. 하지만 아니었다.

'보기 좋은' 세계로 결코 가 닿을 수 없었다. 그 세계는 서서히 나를 밀어냈다. 까슬까슬하고 완강한 손길이 아닌 그야말로 보드랍고 차분한 손길로. 친구가 되어주겠다는 말을 하면서, 우리는 네 편이라는 말을 하면서, 모임에 함께하지 않겠냐는 권유를 하면서. 그리고 사랑을 말하면서. 말은 지워졌다. 말이 지워지는 순간은 얼마나 아픈가. 말을 잃을 때마다 한 사람을 잃는 고통을 느낀다. 그들이 했던 말을 다시 대화의 주제로 끌어오면 부담을 줄 게 뻔했기에 나도 입을 굳게 다물어야 했다.

그런데……. 지난번에 얘기했던 그 모임, 저도 가고 싶어요. 행여나 내가 그렇게 말할 경우, 결코 자신의 입으로 꺼낸 적 없던 말인 양 난처한 표정을 짓는 얼굴과 대면해야 한다는 사실을 나는 잘 알고 있었다. 그들은 그들이 한 말을 지웠다. 아무렴 어떤가. 그 말들을 등껍데기처럼 메고 나를 단단하게 지켜낸 날들이 있었으니. 약봉지를 다시 제자리에 내려놓고, 방 문고리를 오른쪽으로 돌린 뒤, 앞이라고 생각하는 곳을 향해 걷게 해준 말들이 있었다.

나는 필요한 만큼 미소 짓지 못한다. '차별 발언을 들을 때도 적절하게, 품격 있게, 지적으로 반론을 펼치'°지 못하며, 상태에 따라 너무 정태적이거나 너무 제스처가 커져서 어쨌든 간에 눈에 띈다. 중간이 없는 사람이고 '보기 좋은' 구석도 드물다. 침묵은 내게 가장 편안한 소통 방식이지만 불편하지 않은 침묵을 함께 이어가주는 사람들은 생각보다 많지 않다.

° 김원영, 『실격당한 자들을 위한 변론』

아픈 사람에게 신경을 쏟아줘야 한다는 의무감을 느끼는 상대라면 나를 어딘가에 데려가는 게 짐스러울 수도 있다. 내가 상처받을 상황이 생길까 봐 우려가 돼서 모임에 초대하기를 망설였다는 친구의 속마음은 코가 시큰거릴 만큼 고맙기만 하다. 그 모든 게 그들의 배려였음을 안다. 그리고 언젠가는 그들이, 아플지라도 그들의 세계에 가 닿고 싶었던 내 꿈을 기억하고 손을 내밀어주리란 것도.

내가 아끼고 사랑하는 사람들의 사진을 한나절 내내 찍어주는 상상을 한다. 적당한 거리를 두며, 뒤편에 있는 푸른 바다 물결까지 모두 담아. 친구들이 다른 사람들과 있을 때 어떻게 웃는지 보고 싶고, 친구들의 발길이 쌓인 단골집에서 흘러나오는 음악을 함께 듣고 싶다. 그들의 의미 있는 모임이나 특별한 이벤트에 초대되어 힘을 보태주고 싶고, 함께 여행도 떠나고 싶다. 내 일상이 그렇게 바뀌기를 바란다. 하지만 눈물을 포기하지 않는 세상에서 살고 싶다, 라고 써도 되나. 나는 주저한다. 당신 앞에서 좀 더 자주 울 수 있기를 바란다고 쓰면, 나, 아직 철이 덜 든 걸까.

내게 순간이나마 사랑을 말해줬던 사람들을 축복한다. 그들은 지금 없지만 사랑한다는 말이 내 곁에 남았다. 말을 살리기 위해서는 내가 살아야 한다. 아직 생명이 붙은 말을 죽이지 않으려면 그 말을 들은 사람은 살아 있어야 한다. 그 마음으로 살고 있다.

눈물로 파묻힌 얼굴과 비뚠 젓가락질이 보기 안 좋다고 말하는 세상에서, '사랑'이라는 단어여, 경계 없이 검은 먹으로 퍼져라. 내 사랑은 검다. 이 백지 위에 누운 글자들만은 변치 않고 기도가 되어, 내가 사랑하는 이들에게 닿을 것을 믿는다.

3부

몸의 기도

1

나에게는 부르면 노래가 되고 부르면 기도가 되는 이름이 있다. 호명될 수 없는 나를 불러 세우고 나아가게 하는 이름. 그것은 나의 이름이 아니지만 내가 받은 이름이다. 이름이 있는 사람들을, 이름 없게 만드는 모든 것으로부터 내가 붙잡고 싶은 이름이다. 그의 이름을 부르면서 나는, 누군가를 불러주는 삶으로 나아갈 수 있었다. 하나의 이름과 하나의 얼굴을 잃은 사람들을 만나 동그랗게 마주 앉은 채 서로의 상서를 오래오래 나눠가졌다. 나는 우리가 되어가고 있었다. 우리는 그 시간 속에서 이름이 되었다. 그때 우리에게 이름은 우리가 서로의 곁에 있다는 증거였다. 내게는 되찾은 이름이 있다. 부르면 기도가 되는 생명의 이름으로부터.

2

주여, 우리가 바라는 것은
그리스도를 알고
사랑의 능력을 깨닫고
이웃의 어려움에 동참하며
주의 섬김을 본받는 것입니다.
그러므로 기도합니다.
주와 더불어 살게 하소서.
주께서 기다리셨기에
내게 온 말들이 있습니다.

3

기도는 많은 이름들을 부르게 하고
뉘우쳐야 할 것을 피어오르게 하니
곧 새벽도 담을 넘어버린 후입니다.
나는 아무도 밟지 않은 시간을 깨워
나의 두 손이 주님을 위해 있음을
그침 없는 눈물로 말합니다.
나의 흔들림이 물결치며
고요를 갈라놓을지라도
어둠에 뒤섞이지 않습니다.
더 깊은 빛을 향해 두 눈을 엽니다.
영원이 온 순간마다 깃들어 있음을
주여, 새로운 아침으로 말씀해주소서.

4

그 소리들은 나를 떠나지 않지
아침이면 아주 작은 새소리가
어떤 언어와
의미에도 속하지 않은 소리가
입술 끝으로 팔랑팔랑 몰려들지
나는 거울 앞에 무릎을 꿇고
입을 벌려서 아—
한 번도 말을 배우지 않았던 것처럼
감탄사를 뱉듯이, 다시
아—
발성 연습을 하지

나의 기도문
아(Heu)
에 이

오우

5

주여, 우리는 우리의 상처를
가장 깊숙한 곳에 묻어둡니다.
상처를 꺼냈다가
예상치 못한 비난을 받거나
무기력한 사람으로 여겨지곤 해서였을까요.
그렇게 힘겨운 시간들을
마음대로 넘겨짚는 목소리들은
우리를 무감각의 세계로 떠밉니다.
우리는 더 이상 입을 열지 못하지요.

그러나 그런 지나친 억누름이 만들어낸 무감각함이
그리스도께서 자신을 허무신 사랑을
바라보지 못하게 합니다.
우리는 이 사실이 사무치도록 아프고
두렵고, 고통스럽습니다.

오 주여, 우리는 막힘없이 말하는 방법을 모르고
타인의 상처 앞에서 비정합니다.
무책임한 얼굴로 서로의 상함을 마주 보며
환대하지도 환대받지도 못합니다.
혼자 해결하기 어려운 문제 앞에서도
도움을 요청하기보다 떠맡으려 하곤
그것이 모두에게 훨씬 낫다고 느끼며
스스로의 형통을 장담합니다.

아무런 공감 없이
마음을 억압하며 살아가는 우리의 모습을
주께서 얼마나 아파하실지
우리로서는 상상조차 할 수 없습니다.
부디 주여, 주의 안전하신 품에
우리의 부서짐을 내려놓고

상한 마음을 싸매어주시는 손길을 받게 하소서.
우리가 주의 사랑받는 자녀임을,
은혜가 우리를 붙들고 있음을 알게 하셔서
우리의 거부당함과 버려짐을
송두리째 내어주게 하소서.
그리하여 항상 실패할지라도
우리가 우리 자신을 서로에게 주기를
두려워하지 않게 하소서.
서로를 위해 위로하지 않는다면
우리에게 어떤 평안이 있겠습니까?

6

주여, 나의 위로는 너무 작습니다.
닿기도 전에 조각나버립니다.
모든 노력을 멈추고
주를 기다리기로 합니다.
주님의 위로가 간절히 필요합니다.

그는 모두가 자신을
포기한 것 같다고 말합니다.
이 바위에서 저 바위로
굴러떨어지는 폭포수처럼 부서지는 심령을
회복할 수 없을 것 같다고 말이죠.
그러나 스러짐이 깊을수록
주님은 그러한 폭포와 영혼을 하나로 묶으십니다.
어떻게 주의 손이 일하시는지
풍진의 먼 길에서도 보게 하십니다.

진창의 마음들을 밤새 지키셔서
아침에 일어날 때 선한 도전을 주십니다.
와병 중에 마음에 의심이 물들 때
간절히 주를 필요로 하지 못할 때도
우리의 번잡한 마음이
실은 주의 말씀 한가운데로 가기를 원한다는 것을
깨닫게 하십니다.
주님의 이름을 부를 때만
온전히 자유로울 수 있음을 알게 하십니다.
주여, 그를 위로하소서.
사랑으로 덮임을 받게 하소서.

7

꾸어주고 덮어주라……

주께서 베푸시는

눈물

지극히 작은 자보다 위에 있거든

주 앞에 낮아짐도 없다

마음과 음성

잠잠히 있는 마음은

주의 음성

8

주여, 말씀하소서.

성령께서 주시는 생각을 듣게 하소서.

모든 지킬 만한 것 중에 더욱 마음을 지켜

생명과 평안의 생각을 받게 하소서.

하나님의 일을

생각하게 하소서.

9

하나가 된다는 건 어려운 일이 아니에요.

서로의 무릎과 기도를 빌려, 노래를 만드는 것.

창을 열고 고개를 내밀어

가지 끝에서 일어나는 일들을 바라보는 것.

나는 나무와 풀 가까이에서 살고 싶었어요.

나는 이웃이 되고 싶었어요.

우리의 모든 대화 가운데 먼저 행하신 성령,

그분은 우리가 서로를 위한 존재임을 깨닫게 하시죠.

또한 그분은 쉬지 않고 도우시죠.

그리스도 안에서 우리가 단단히 결속되어

사랑의 일치를 이루도록.

그리하여 통증으로 내몰린 낮밤에도

나는 사랑을 한 아름 그러안을 수 있어요.

나의 입술과 활짝 벌린 팔이 되어줄 누군가가 있으므로.

희망을 실어 나르는 사람들,

내가 어디에 있는지 말해주는 사람들.

그래요, 여러분이 나의 견고함이에요.

우리일 때 나는 마비되지도 짓눌리지도 않아요.

우리는 그리스도의 성전이에요.

10

주여,

말할 내용을 갖는다는 것,

그것을 위한 분투가

삶의 마지막까지 지속되었으면 합니다.

작게라도, 너무나 작은 사람일지라도

말씀의 구절을 반복하는 이가 아니라

예수의 말을 듣는 이로써

나의 언어를 가지는 자이기를 소망합니다.

주여, 말씀의 전승과 그 해석의 아름다움이

오늘도 나의 영혼을 길들이게 하소서.

본문을 만날 때마다

자신의 위치를 기억하는 책임 안에서 자라가게 하소서.

목자의 입에 증거를 채우소서. 아멘.

11

야간수업이 시작되기 삼십 분 전,
주님께 기도를 드리고 마음을 다잡아도
이상스레 눈물이 가라앉혀지지 않습니다.
강의 중이라고 쓰인 문.
문밖의 도란거림이 못 미치는 게 싫어서
완전히 열어둡니다.

나의 주여.
써야 할 시가 있다면 잠잠하라 하십시오.
손실 없이 기도하고 싶습니다.
기도가 되어 당신에게 읽히고 싶습니다.

주님이 나를 가르치시는 곳에서

12

내가 부르짖을 때

주께서는 나의 소리가 없어질 때까지 진실하시고 성실하시며

엎드림을 들으신다

약속하신 것을

그리스도의 이름으로 구하며, 받게 하소서

13

받은 것으로 내가 드리니 누가 그것을 흔들겠습니까?

14

아버지, 감사하지 못하는 삶은
우리의 눈을 필히 멀게 합니다.
받은 것을 기뻐하지 않으며
자만심을 불러일으키며
하나님의 선하심을 묵상하지 않기 때문입니다.
그러다 보면 우리는 세상과 손을 잡고
부패한 욕망에 이끌리어 우리 자신의 영광을 구합니다.
겉으로는 그럴듯한 외관을 갖추나
범사에 주를 인정하는 마음을 버려
교만한 마음으로 말하기 일쑤입니다.

그런 우리에게 로마서는 엄히 가르칩니다.
"네가 하나님의 인자하심이 너를 인도하여
회개하게 하심을 알지 못하느냐"(롬2:4)
성령께서는 우리를 꾸짖으사

하나님의 인내를 멸시했던 마음을 흔들어 깨우시고
죄를 더욱 깊이 의식하게 하십니다.
하나님 없이는 우리가
아무것도 할 수 없음을 고백하게 하시고
허탄한 자랑을 버려
십자가의 능력을 바라보게 하십니다.

우리 자신의 선을 치켜세웠던 것,
그 나라를 바라보는 기도를 하지 않았던 것,
복음의 진보를 가로막는 탐욕을 품었던 것,
우리의 미덕과 공로만을 높인 것 모두가
얼마나 심각한 죄인지를 깨닫게 하십니다.

주여, 우리가 진정으로 회개하게 하소서.
우리 안에서 의를 일으키시는 분을 의지하여

병적인 허풍과
깨진 거울을 치우게 하소서.
오직 주 안에서 자랑하며(고전1:31)
우리에게 주어진 모든 것이
우리가 받을 만한 것이 아님을 알아
진실로 감사하게 하소서. 아멘.

15

우리의 전부이신 주여,

우리는 너무나 자주

기도하는 시간을 뒷전에 둡니다.

우리에게 가장 필요한 것이 기도임을 알면서도

일시적인 일에 시선을 빼앗겨

영원한 것을 갈망하기를 소홀히 합니다.

주께 간구하는 법을 배우지 못한 채

잡다한 염려로 골방을 분주하게 함은

두말할 나위도 없지요.

가르칠 때나 권면할 때도

영혼들을 위해 주께 고하지 않으니

역사하는 힘이 큰(약5:16) 기도가 무엇인지

서로를 위해 기도하는 기쁨이

얼마나 고귀한 것인지

우리는 도무지 알지 못합니다.

이러한 우리의 연약함을 고쳐주소서.
주께서 원하시는 것을
우리의 영혼이 참으로 원하게 되기를 간구합니다.
주 안에 거하는 것만이
우리의 소망임을 고백합니다.
주께서는 모든 것이
끊임없는 기도에 달려 있음을 깨닫게 하시고
지금 이 순간에도 우리의 영을 정련하십니다.
차갑고 어두운 마음 가운데
우리의 기도를 기꺼이 도우시는 분을
바라보게 하십니다.
우리에게 반짝이는 수사가 있고
가미할 장식과 부지런한 탐구가 있은들
그것들로 무엇을 하겠습니까?
기도 없는 뜀박질로 쌓은 추한 성을

주의 손으로 부수어주소서.
기도하지 않는 삶으로는
아무것도 드릴 수 없음을 알게 하소서.

우리는 주께서 복된 목적을 위해
우리의 기도에 맡기신 일을
미처 보지 못하는 죄를 범하고 있습니다.
그리스도께서 기꺼이 주신 것에
전념치 못하는 오늘의 삶을 회개합니다.
이제 무기력한 한숨을 버리고
우리로 하여금 겸손히 의뢰하게 하소서.
주의 일을 즐겁게 증언하는 이들이 되게 하소서.

우리의 골방에 함께하시는 주를 의지합니다.
우리를 보시고, 들으시고, 아시는

예수의 이름을 의지합니다.

아무것도 우리 자신을 위하여

구하지 않게 하시고

오직 그 이름을 위하여 구하게 하소서.

아멘.

16

구경하는 자들은 강물처럼 스치고 그리스도에게 속한 것을 찾지 않는다 그가 지나가실 때 모욕을 받고, 그의 말이 희롱을 당하며 평안하라는 말로 침 뱉음과 내침을 받는다 홍포를 입히는 생각들 자기 머리를 흔들고 선을 무력하게 바라보는데, 나는 한 마디 한 마디에 몸을 던질 수도 없으니

다만 오므라드는 말 속에 울려 퍼지는 그분을 가지고 있다는 것 '주는 온유하시니 우리의 찬양을 촉구하시나이다 굽이치고 흔들리는 걸음들아, 무익한 대적들과 요동치 말며 높으신 분의 지혜를 말하고 다 듣게 하라 그가 불의를 그치게 하시고 겸손한 자에게 위엄을 나타내시리로다 섬김과 사랑의 시를 우리에게 불러주셨으니 입을 굳게 닫지 말라 순전한 헌신을 건네라 우리가 그를 피난처 삼은 대로 아버지의 뜻이 우리를 세우시리라……'

17

내 영혼아…… 덕을 위하여 이기라

각 지체들이 의존 안에서

아무도 홀로 가지 못하는 그런 날에

닫힌 마음은 기꺼이 부수어지리라

간혹 우리가 이해하기를 꺼려 하고

서로를 이끈 책임을 멀리했을지라도

우리는 다시 닿아지리라

읽는 것과 권하는 것과 가르치는 것에 착념하는 동안

우리는 함께이기에 더욱 표현하리라

혼자의 삶이 아닌 곳에서

우리가 있을 곳, 있을 자리를 위해서

18

꽃이나 나뭇잎을 말려 두듯이
나무 의자들 사이
내가 간직해둔 기억.
예배당 가장 뒷자리에서
유리구슬처럼 영롱한
새벽빛 쏟아질 무렵마다
나는 들었다.
언제나 같은 자리에 앉던 이의 흐느낌과
빗방울 소리를 닮은 기도를.
조용한 날들.
새벽이 열리고, 수많은 아이들
하나둘 발을 휘젓는다.
편지를 품은 영혼들
비어 있는 단을 향해
목수의 손을 잡고 걸어간다.

19

누군가 오래된 참화를 권태롭게 만들지만……… 마른 나뭇잎처럼 떨어져나가는 이들의 삶이 그분의 축나지 않는 샘으로 마시게 되기를. 속이는 말들로 이루어진 조화롭지 못한 화음을 의지하지 않기를. 희망을 주는 우리는 어느 때나 근신하여 깨어 있기를. 아멘.

20

주님, 매 주일 아침마다
하늘의 빈틈 사이로 흘러나온 것만 같은
아이들의 드맑은 웃음과 호기심을 봅니다.
하나님 나라의 일꾼들,
목청껏 천사의 노래를 종알거리고
이따금씩 화들짝 놀란 얼굴로 제게 물어오지요.
"전도사님! 예수님이 하나님의 아들이에요?"
이제껏 알던 것을
성령께서 가르치심으로써 터져 나오는
그런 경탄, 치켜든 두 손
마음의 매듭이 물결처럼 풀려
말씀을 기다리고 기뻐하는 모습들에
저는 아무것도 두렵지 않은 사람이 됩니다.
아이들의 입술로
저의 입술을 만듭니다.

하나님의 영의 깨닫게 하심으로
진리를 알아가는 등불같이 밝은 눈,
우리의 죄를 짊어지신 십자가를
온 마음으로 아파하는 기도들은
저를 부끄럽게 하며 다시금 새 힘을 얻게 합니다.
살아계신 하나님,
오늘도 이 아이들이 부족한 저를 통해
어떤 상함과 장애를 가진 사람들과도
얼마든지 친구가 될 수 있음을 배우게 되기를 원합니다.
불평등한 것에 마음을 빼앗기지 않고
더불어 울고 웃는 삶의 복됨을 헤아리기를 말입니다.
무엇보다 이웃을 위해 살아가며
주님의 온유한 성품을 닮아
범사에 섬김을 실천할 수 있는 아이들이 되게 하소서.
저 아이들로 하여금

주님께서 가르쳐주신 기도를 하게 하셔서

사랑의 말씀을

귀담아듣는 삶을 살아가게 하실 것을 믿습니다.

주님이 기뻐하시는 예배를

한 주간 드리게 해주소서. 아멘.

21

입술로 하지 않고
기도로 말하는 사람이 되기로 해요
내 친구는 어떤 솔직한 고백보다
기도로 나를 듣는대요
상처 주는 말 시기하는 말
다투어 하나님을 아프게 하는 말 버리고
우리는 기도 안에서 모든 걸
가장 많이 이야기해요

기도로 말하자
우리는 약속해요°

° 유아부 기도

22

주께서는 통회하는 자의 한 소리도 깊은 데서 듣지 않은 적이 없으시며

작은 고난도 주의 영광을 위해 지으셨나이다

예배의 참된 길을 가르치시며

그 낮아지심을 통해 우리에게 말씀하시고

아침마다 성령을 듣게 하시나이다

주의 아름다운 청함을 우리가 듣게 하소서

우리를 가르치시고 합당한 마음의 헤아림이 있게 하소서

세상의 모의에 번민하지 않게 하시고 주의 편지들을 우리로 품게 하소서

23

주보를 접다가 주보를 접는 게
나의 일인지를 물었어요
들쭉날쭉 집적였어요
반듯하게 접으려는 손가락이 우그러졌어요
나는 감사하면서도 감사하고
눈을 감으면서도 눈을 감았어요
격차가 넓었어요

교수님에게서 사실 고민이라고 답장이 왔어요 어떻게
상대평가를 해야 할지 먼저 묻고 싶다고
치료받으면서 어떤 식으로
헬라어 공부를 했는지 묻는걸

나는 나를 흘끔 바라봐요 하기는 했니
무엇을 피하니 아직도

네가 글을 쓰니, 글 좀 쓴다고 울지 않니
그만 포기하자 응 부탁처럼 보이는
그런 걸음은 이제 디디지도 말자

이것이 나의 일인지를

괜한 호기심인 것처럼

나는 자주 물어요

이것만이 내 일이라고 할지라도
또 물어요

24

주사를 맞고 3일까지는
이렇게 나사가 풀린 것처럼
끊임없이 추락하는 기분
아래로
은총의 힘으로 나는 끌어내려졌다
잔뜩 웅크린 발끝, 내가 추구하려는 진실들
조건으로서의 하강[°]
박해받은 이들의 머리에
진리를 얹어주십시오 주여
완전히 지쳐 있지만 그대로 받아들여진
그분의 삶

언제나 아무것도 할 수 없는 순간들로 엮은

° 시몬 베유, 〈중력과 은총〉

그분의 것인 손

25

꾀병 같다고
이럴 때 보면 하나도
안 아픈 것 같다고

아침 식사 후였다
한숨도 못 자고 드린 새벽예배
대롱거리는 손목 아래
글씨들 여위어간다

나는 새벽예배를 통해서
하나님과 대화할 수 있지만
지금은 아니다

지금이 아니면
하나님이 뭐라고 하실 것처럼

오늘 일정 소화하지 못할 것 같다는 말에
들려오는 소리
아무렇지도 않아 보이는데

아무렇지 않은 게 아니려면
난 지금 어떤 모습이어야 하나
아무렇지 않은 게 아니라는 걸
어떤 방식으로 내색해야 옳나

꾀병, 이라는 말을 검색해본다
거짓으로 질병을 앓는 체하는 것

해가 기울 때까지
아, 나는 오늘 땡땡이치고 싶나
스스로에게 묻고

답한다 울걱
그래 이제 그만해 제발

버린 것을 버린 체하는 것
앓는 것을 앓는 체하는 것
웬만한 비위 가시고선 할 수 있는 일 아니다

장애를 가진 사람 향해서
장애 있는 척하냐고 묻는 말은
사람 할 말이 아니다

아무리 나이 지긋한 분일지라도
어려 보인다는 이유로 어눌하다는 이유로
변덕 부리는 일곱 살 제 손녀딸과 대화하듯
장애인을 대해서는 안 된다고

나는 묵상하듯이
나에게만 되고 있었지

아픈 것과
아파 보이는 것
아파 보여야 아픈 것이니까
어제저녁엔 집회도 다녀왔으니까
새벽예배에서는 잘 버티고 있었으니까
아침밥도 많이 먹었으니까
적어도 인상이라도 구기고
안색이라도 희멀겋게 떠야지

그러나 나는 너무 정상이다
나는 너무 사랑스럽고
나는 너무나 온전하다

나는 힘이 있다

혈압을 재고 있는 내 곁으로
얼마나 떨어졌나 보려고 눈들 다가온다
86/59. 지극히 정상이다

농담이야 농담, 예민하게 받아들이지 마
말은 곧 행위인데
그들은 제 아픈 자식 발 걸어 넘어뜨리고
재미로 그래봤다고 웃어넘길 수 있나
말은 곧 생명인데
그들은 그 가벼운 언어로 누구를 죽이나
늘여 뺀 패역한 혀,
시시각각 사랑을 말하면서도
타인의 아픔을 향해

독한 말 겨누어 판단하시는가

지혜의 모든 보화가 감추어진 이름을
깨닫노라 말하면서도
웃는 낯 한 장을 못 벗겨내어
고통을 못 보시는가
피차간과 모든 사람에 대한 사랑이 더욱 많아
넘치게 하시는 그리스도 안에서(살전3:12)
서로에 대한
서로의 헌신을 살지 못하는가
항상 배우면서
끝내 진리의 지식에 이르지 못하는가(딤후3:7)

내가 만난 아름다운 농담꾼들
상처받는 자의 반응을 책잡아

너무 예민하게 굴지 말라 도리어 훈계하는,

그 흉측한 말장난에

건네고 싶은 말 있다

여러분은 건강한 육체로 살며

아프면 아파 보이고

아프지 않을 때는 선선한 낯 가져 모르겠으나

아파도 안 아파도 같은 얼굴

같은 표정으로 살아야 하는 사람 있고

내색하지 않으려 혀를 깨물어도

통성명보다 빠르게

그대로 드러나는 아픔 또한 있다

여러분 주변에는 없을망정 — 있으면서도 없었을망정

우리는 지금도

슬픔을 누를 수 있기만을 기도하며

살아가고 있다

새벽예배

나는 게을러서 못 드린다

게으르게 행하여 여러분보다 열심이 없는 나는

말씀을 듣고도 행하지 못하는 나는

신실하지 못한 나는

하는 데까지 해보겠다고

말하지 못하는 나는

자족하는 마음(딤전6:6)만 크다

나는 배우고 확신한 일에 거하고

나는 이 여러 것에 대해 굳세게 말한다(딛3:8)

나는 넉넉히 이긴다(롬8:37)

하나님의 말씀은 매이지 아니한다

하나님의 말씀은 차별하지 않으신다

여러분의 식사 자리에

나는 초대되었다
우리가 초대되었다

초대를 받았다면
앉을 곳 있다는 뜻일까
어디에도 앉고 싶었어

열아홉이나 스물아홉이나 서른아홉이나
서투르다는 이유로, 어리숙하다는 이유로
이름으로만 불리는

존칭을 붙일 줄 아는 사람을
오래 만나보지 못했다

사랑은 관대하다

사랑에는 실족하게 하지 않으려는
노력이 있다

깨지고 멍들었다고
얘기하지 않는다

26

사랑을 전하지 못할까 봐

그분의 자리가 있으면서도

가로채인 것 같이 될까 봐

……

나는

[illegible]

27

예배가 이어지는 동안
공처럼 품을 가두고 있었어
이 달그락거림이
누군가와 부딪치지 않게

그러나 어떻게든
머무르고 싶은 마음
더 먼 곳까지 듣고 싶은 마음
닿을 수 없는 영혼들을 위해
기도하게 하시는
은혜

찾아가주소서
만져주소서 회복시키소서
강물에 감싸인 기도말

나는 다정히 사랑할 수 있지, 갈망 없이
그들의 어깨에 가볍게 팔을 두르듯
아주 잠시, 온기를 꿈꿀 수 있지

28

목사님 여긴 비가 음청 내립니다
마음이 훌훌 가벼워지네요

잘 계시나요
몸도 마음도 평안하신가요

오랜만이다 수영 전도사
요즘 건강은 어떠니?
난 잘 적응하고 있고
평안함을 누리려 하는데 이사하지 못해
힘든 부분이 있단다
지금 심방 마치고 할머니 권사님이 해주신
죽과 전과 찰밥 배불리 먹고
교회에 들어왔지
여기도 아침까지 비가 내려 먼지를 쓸어내려

좀 깔끔해졌지
꽃가루들로 범벅되어 있던 차도
깨끗해졌던걸

저는 수술받고선 죽만 연신 먹고 있어,
신피 흰밥이 너무 먹고 싶네요!
그곳도 봄비가 내리는군요
힘내시고 사역하시는 모든 순간 속에
하나님의 사랑이 넘치길 기도드립니다

그려 잘 지내고
가까이 있었으면 만나봐도 좋을 텐데
참 너무
멀리 와 있다
잘 지내렴, 건강하구

29

그러나
여기는 너무 추워

우리는 우리를 구할 수 없어
서로의 공통점으로도 배제된 얼굴을 만든다
주께 다다르는 길을 알지 못하여
두런두런 모여 앉아 묻곤 한다
있잖아 우리
여기 왜 모였지?

갈 길에만 치중함으로
두루 살피지 못한 때가 많으나
주님은 한마디 말 속에서도
언 눈을 녹이시고……

"우리의 편 손이
한 생명과 장소를 지정함으로
되려 가까운 곳에만
그치지 않게 하십니다"

아, 주님,
당신이 원하시는
우리를 보게 하소서
나를 떼어내어 끝까지 주게 하소서
주의 멍에를 멘 사랑으로
정결케 하소서

30

울지 말아야지 하면서도
왜 다시 우는가
새벽예배 인도,
한 번도 해본 적 없다
어떻게 해야 하는지 묻자
사모님이 말한다
신학과 맞죠 졸업한 거죠
나는 새벽 예배 인도
해본 적 없고
찬양 인도도 해본 적 없는
파트타임 전도사

사역은 쉬고 있다는 말을
언제까지 하게 될까
어느 교회에서 사역했냐는 질문에

조용히 집이 있다고 답한다
첫 새벽예배 인도
마친 뒤 마당을 나선다
연못 건너편
얼어붙은 벽시계,
엑리야의 그릿시내 라고 쓰인 푯대가
내가 앉은 곳을 가리킨다
주님이 말하시지 않으면
비도 이슬도 있지 아니하다고 외친다

이내 나는 도망치고 있고
숨은 나를
보호하시고 입히시는 아버지
그는 나의 피난처요 나의 요새요
내가 의뢰하는 하나님이라(시91:2)

모두가 기도 제목을 나눈다
배우자를 위한 기도를 나누다가
내 차례가 온다

그제 아침이었나요 식사 자리에서
목사님들 대화 나누실 때,
눈이 안 보이는 박사님이 결혼을 하셨다고
아 어어, 윤 박사 얘기
응응 그래
그러셨지요 결혼이란 건 현실이라고
윤 박사님 아내분,
만류에도 어떻게 그 결혼을
결심한 건지 모르겠다고
사랑이 전부가 아닌데도요

저는 그 얘기들이 듣기 힘들더군요
침묵이 멀리서 보였다
우리 중 누구도 아무런 도움 없이
누군가의 섬김 없이 살 수는 없어요
왜 그분들을 놓고
손해 보는 관계라고
희생하는 결혼이라고만
말씀하시는지요

대체 우리 중 어떤 사람이
예수 그리스도 안에서 누군가를 낮추고
누가 아깝다는 표현을 사용할 수 있나요
파도가
바람에 오르내리고 있었다
물론 저도 상식적이고

현실적인 선상에서
제 삶이 누군가를 불편하게 하고
누군가에게 짐이 될 수밖에 없다는 건 알아요
그러나 제가 아는 한
함께 짐을 지는 관계야말로,

말이 순간적으로 유리문에 부딪힌 듯
세게 튕겨 나갔다
목구멍이 좁아지고
거품 같은 숨소리만 새어나갔다
그들의 고개가 일제히 수그러졌다
나는 쉽게 죽고 싶었다
나는 말이 다시 오기를
허구한 날 기다려야 했다

우리는 모두
우리를 잃으면서 사랑해요
그게 사랑이니까요
그런 대화였는데
나는 또 선뜻 운다
여기까지 해야 했다만
가슴이 아프다고 울음을 터뜨린다

친척들은 결혼이나 하겠냐고 한다고
목사님께서 하신 말처럼
현실적으로 뭐가 힘들다는 건지 잘 안다고
누구보다 제가 제일 잘 안다고,
무안당한 듯
난감하기가 이만저만이 아니던 얼굴들이
그제야 환해진다

치유 말씀 전해주신 목사님,
어제까지만 해도
부모한테 언제까지
짐 지우며 살 거냐고
하루라도 빨리 병 고침 받아
예수 보혈로 승리하라던 그가
번쩍 말한다
어째서 부모님한테
짐이 된다고 생각해?

그게 다 악한 영이 주는 생각이야
지금 눈물 흘리고 있잖아 울고 있잖아
사탄은 그 눈물을 이용한단 말이야
영적 전쟁이야 이건
내 눈물이 사탄이 주는 눈물이라고 한다

목사님, 눈물이 꼭 잘못되고
나약한 것만을 의미하는 건……
들어봐 전도사님, 지금 말이야
슬픔을 주고 있잖아
사탄이 그런 생각을 심어주고 있는 거야
너는 부모한테 짐이 되는 존재라고
주변 사람들이 널 싫어한다고
네 마음과 생각을 조종하고 있는 거라고

나는 도무지 그들의 말에
기웃거리지 못한다
네, 현실적으로 볼 때 물론
어렵다는 건 알지만요
(그 무참한 '현실적'이라는 말 안에서
박사님 결혼은 말도 안 된다고 하셨잖아요)

그러니까, 들어봐요
그의 목소리는 평화스러웠다
별 가리개를 쓰고
낚싯대 앞에 앉은 얼굴들
우리는
현실로 사는 사람들이 아니야
예수 안에서 사는 사람들이지
내일이면 먼 비행길 오르시는데도
성령론 특강까지 해주신 목사님의
귀에 쟁쟁할 설교
그 속으로
눈물은 기어들어 갔다

떡을 더 드시겠어요?
나는 두 마리의 물고기가 없다

나를 떠났던 사람이
바구니를 내리쳤기 때문이다
어머니가 네 얘기 좀 하지 말라셔
만나는 사람 있냐고 물으면
너에 대해 말하니까,
스티븐 호킹의 삶을 다룬 영화를 보고
우리는 그런 대화들을 나눴었다
부담이 돼, 힘들 것 같아,
정갈한 말투에 돋친 가시들이 선득
선득 꽂혀
내 등을, 맹금의 발톱처럼 표독스럽게
할퀴어 내려갔다
왜 인지도 모르게 궁지에 몰린 나는
(무슨 일이 내게 일어났는가?)
요컨대 믿음 없는 자의 무력한 목소리로

현실에 나앉은 젖은 얼굴로
부끄러워진다
사탄이 내 마음을 조종하고 있구나
무엇을 믿으랴
나의 믿음 참으로 연약하구나

낫지 않아도 된다거나
낫지 못하리라고 생각한 날이
완치를 믿은 날보다 곱절은 많다
치유를 위해 애타게 기도한 날보다
비명처럼, 끌려가듯이
쉰 소리만 지르다 잠든 날이
더 많았다

슬픔은 사탄이 주나요

목사님 그 말이
저를 무섭게 따라오는군요
서럽지도 않고 슬프지도 않지만
울지 않고 기도는 어떻게 하나 싶다
무엇으로 씨를 뿌리나 싶다
기도로 결정한 두 사람의 결혼에
잣대부터 들이미는 사람들
짐이 될까 봐 두렵다고 말하면
현실이 아닌 믿음으로 살라는 사람들
믿음으로 사는 이는 잊는다
길들일 수 없는 혀가 제 입속에 살고 있음을
알고도 기억지 못한다
누군가 믿는 단 하나가
자신이 믿지 못하는 백 가지라는 것을
하지만 나야말로 그들을

힐난할 자격 없다
시름에 잠기며 꼬박 괴로워하면서도
한계를 부정 못하고
꼼짝도 못 하는 건 나 한 사람인 셈

나는 그들의 말을 주워 보태서는
도리 없이 군다
별 수 없이 군다
저들보다 쉽게 현실과 타협하려고
핑계를 만들지 못해 안달이다
그리스도의 치유는
세상에 없는 것처럼
현실을 군색한 마음으로 받아들인다
믿음으로 말미암은 치유가
현실에 일어났고 일어나고 있고

일어날 것을 믿는다 (아멘)

예수께서 깨어 바람을 꾸짖으시고

잠잠하라 고요하라 하시면

바다가 아주 잔잔해질 것을 믿는다 (아멘)

나의 현실이 아닐 뿐...

....

....

...............그리고 그것은 결코

믿음이 아니다

작으나마 내 삶으로 끌어오지 못한 말씀은

아무것도 아닌 것이다

너희가 어찌 믿음이 없느냐

무기력한 영혼

흐느끼는 영혼

안절부절못하는 영혼

보리떡을 세는 영혼

주여, 이 믿음 없음을,

용서하소서 불쌍히 여기소서

31

어떤 사람들의 기도는
걷지 않는가
걷지 않은 기도로
무엇이 아뢰어지는가

기도는 돌아다녀야 한다
오직 다른 이의 기도를 향해서
바람에 너울거리는 작은 나뭇잎처럼
내 앞사람 가는 그림자만큼이라도
거닐어야 한다

그러면서 저만치 가야 할 영혼에
내가 들렀다 가는 것
모든 기도는 헤아려지는 마음 같은
그런 것 아니라

불우한 내 걸음, 이해, 결심으로는
사랑할 수 없음을 아쉬워하는 일
뒷짐을 지고서

마음을 애처로운 마음으로
배웅하는 과정이기에

결국 다른 이의 기도는
갈 수 있고 깃들 수 있어도
들을 수 없음으로 남게 되는
하나님의 것

하나님이 켜놓은
등이 보이세요?
가끔 나는 기도를 위해 울 수 있어요

32

주의 형상을 바라며 기도하는 한
주께서 땅 위에 풍요로움으로 진술하시며
심중에 작은 소리라도 기도하는 한
너를 길 잃지 않게 하시겠지, 온종일 너의 문전을 지키시겠지
아 너는 홀연히 흩어지지 않네
아버지, 귀도 없고, 눈도 없는, 나의 기도를
받아주소서

33

그 말에 상처를 받을지 안 받을지
결정하는 건 나라는 말이 상처가 된다
상처를 주기 위해 하는 말을
상처로 받아들이지 않으려면 어떻게 해야 하는가
사랑을 주기 위해 하는 말을
사랑으로 받아들이려면 어떻게 해야 하는가
나를 향한 말과 나는 무관하다고 말함으로써
치욕은 어린 티를 벗는가
자매,
예수님은 그 모든 질고를 묵묵히 지셨어
그분 생각을 해
그분 생각
하면서 나는 틀림없다고
예수님이 아프지 않으셨을 리 없다고
말한다

사람아, 아파도 된다 말하셨을 거라고

그리스도의 마음

기근의 예언이 있을지라도

사랑으로 반응하는 마음

예수님은 거절과 부인, 멸시와 찢김을 하나하나 견디셨다

아파하면서

견디셨다

울며 부르짖으시며 하나님께 물으시며 모든 고통을

견디셨다

당신 말이 아파요 하면

왜 상처받냐고 묻는 사람들

상처받는 이를 패배자로 몰아넣고

자유

자유하라니, 그리스도시여,

주께 나의 모든 바 맡기어도 나는 여전히

아파합니다. 씨름하며 바람에 씻기는 눈, 도피보다 남은 고난(골1:24)에 가까워 갑니다. 눈물처럼 넘쳐흐르는 성령, 실패하면서 승리하는 일, 그렇습니다, 보다 더 큰 일(요14:12).

날조된 자유들, 이웃을 위한 책임을 말하며 예수를 알아가는 위인들,

그분을 알아가는 동안
그분과 달라졌고
위로하며 가르치며 편지를 쓰며
그분의 마음과 멀어질

많은 사람을 부요케 할 것 같으나
가난한 자들이
모든 것을 가진 자 같으나
아무것도 없는 자들이
상처받지 않으려거든 영적 전쟁에서 싸워 이기라고

권고한다
결국 나를 상처 입히는 건
나라는 말이 상처가 된다
상처받은 자는 종일 너무 아팠으나
하라, 아파하라
니 이끼히며 주께로 갈지니
주께 숨기지 않을지니
....
연합의 삶, 상처 입히고 입는 삶
부인하고
거부하는 우리는
다치게 하지 않으려고 장벽을 쌓는가
거리를 유지하는 일에 몰두하는 기도가 자격도 없이
〈주님의 사랑이 우리 안에 온전히 이루어지게 하소서〉
읊조리고,

상처 속에 거하지 않을 때

사람은 상처 주는 사람이 되었다

주기를 즐겨 하는 사람만이 상처받았다 (마침내.)

상처와 마른 뼈, 박해 안에서

음성이 돋아난다

딸아, 아프구나

그 온유와 오래 참음의 한 마디 안에는

서로 짐을 지라

서로 용납하라 피차 용서하라

어진 발걸음들이

부서진 고운 입자처럼 잘 서려 있다

34

"어디가, 어떻게, 언제부터……"

주여,
살살이 들추고 헤집는 입술은
실상 엉성하고
성글게 끼어 있습니다.
일일이 대답하는 방식으로
상대의 마음을 억지로 끌어당겨 소통하려는 욕심을
과감히 버리게 하소서.
그 일에 몰두하고 나면 너무 많은 힘이 소모됩니다.
이해하지 못하는 이들의 마음을
가까스로 돌려놓는다고 해서
대화가 쉬이 이루어진 적이 있던가요.
그들이 인정할 때 내가 괜찮아지는 것도 아닙니다.
변함없으신 주여,

부디 나의 한 마디도 거두어가소서.
아픔이 잔인하게 소요되고
부추겨지는 것을 막아주소서.

35

내 영혼아 네가 어찌 지반을 잃고 네 연대가 허상이라고 말하는가 목격한 선포들 사이에서 길을 잃지 말고 모든 행적을 침잠시키지 말라 무너뜨려 스러지게 하는 소리를, 네가 확실히 공동체로부터 떨어져 있다고 말하는 자들을 주의하라 너의 말을 너의 속함 가운데 펼치고 네 구상과 표현을 주께 바라라

주 앞에 연루된 모든 행동이 우리를 하나 되게 하며 어떤 지체라도 축소시키지 아니하니 풍성한 몸을 이루며 주의 일에 참여하자 우리가 주 안에서 잘 익은 하나를 이루려거든 어찌 누구는 배제하고 누구는 앞세워 일치를 이룰까

"성령이 함께하심을 믿는 자마다 맡겨진 일을 행할 힘을 얻으리이다 수모를 겪을지라도 그리스도의 이름으로 인하여 기뻐하리이다 주여 악한 일에 열의를 쏟는 자들이 도성에 있나이다 이들이 패망했으며 모든 기만과 시기를 자청하고 날

마다 입을 열어 자기 뜻대로 해석하나이다 문란함이 왕래하고 서로에게 무관심하며 모든 사람의 인내가 무너졌나이다 사랑을 외치나 사랑이 없고 공동체가 허용하지 않는 하나 됨이 무수하나이다 서로 투쟁하고 무표정하며 옛적을 바라지 않나이다 때마다 주께서 탄식하는 자들의 수고를 지시고 평강을 얻게 하셨으매 우리의 잡혀감과 애통한 심경과 억눌린 것을 해방하셨나이다 조롱하는 자들은 지나쳐 걷는 자들이니 이들이 인자하심을 향해 흐르는 우리의 눈물을 비웃나이다 아침이 어둡고 창이 흔들리며 아무도 만나줄 이 없으나 죄악이 우리를 함락하지 못하나이다 주여 우리의 곤고함을 덮어주소서 밤에 내 영혼이 주의 소망을 바라며 그 눈물에서 헤어나오지 못하나이다 끝과 마지막을 부추기며 광야에 스스로를 두며 그 허물을 더욱 배불리는 자들을 보소서 저들이 어디서든 부정하다가 우리의 돌을 밀어 밟으며 우리를 갇히게 하니 사람의 모해가 어찌 보이리요 주께서 우리의 잠잠함을 아시오니 아뢸 것이 주께만 있나이다 말씀하지 아니하시면 내 안에 적막뿐이니 주는 말씀하소서"

36

언젠가는 예수께서 나를 그리로 인도하시겠지.

침묵.

말씀하신 대로 되게 하려 하심이라.

기다림.

나는 조용히 있다가, 아주 조용히 감춰져 있다가

성령의 확실한 열매가 내게 있기만을,

그래서 주께서 필요하실 때 나를 찾으시기만을 기다린다.

은혜로 말미암은, 받으심으로 말미암은

기뻐하고 사랑하는 자들.

어느 때까지인지 묻는 입술에게 들려질

선한 때. 진리가 견고하게 서는 곳.

기다림은 의를 위하여 설 자리가 있게 되는 것.

주림.

반복되는 통회 〈아직이니이까?〉

비로소 아직 아니라고 두려워 떨 때

그리스도의 나아가심.

우리를 논박하게 하심.

주의 인정과 칭송.

딸아,

일어나 함께 가자.

37

생일날
순천만에서 온 책 선물
그 책에 귀를 묻고
모랫길의 말을 듣는다

발자국에 스며드는
고운 소리

당신이 지나가고 나면
왜 내 소리는 아름답습니까

선생님은 단어를 나눠주셨지
복음
하나님
오늘

행복으로
은혜로
안녕!

펜처럼 쥐여주신

말, 글, 친구들
말, 글
친구들。

◦ '말, 글, 친구들'은 《한겨레》에 실린 김승옥 작가와 이진순 언론학 박사의 필담 인터뷰 「지금은 햇볕과 밤 사이, 무진의 안개 같은…」에서 빌렸다.

이진숙: 뇌손상 때문에 재활치료를 오래 받으셨다고 하던데.

김승옥: 지금도, 지금도….

이진숙: 지금도 치료를 받고 계시다고요?

김승옥: (끄덕끄덕)

이진숙: 그래도 혈색은 참 좋고 건강해 보이세요.

대답 대신 그는 반듯하게 가로세로 줄을 긋더니 그래프를 그렸다. 2003년 0에서 시작해서 2015까지 사선으로 올라가는 직선을 그리고, 가운데 2010년을 표시했다.

김승옥: (2003년 0점을 가리키며) 아무것도….

이진숙: 2003년엔 아무것도 못 했는데 점점 나아지고 있다고요?

김승옥: 조금씩 조금씩.

이진숙: 근데 왜 2010년이 분기점이 돼요? 아! 여기 김승옥 문학관이 개관한 때로군요.

김승옥: (웃으며) 응!

이진숙: 문학관이 선생님께 큰 위안이 됐나 봐요.

김승옥: ('말, 글, 친구들'이라고 적으며) 친구가 없어. 혼자, 혼자….

38

나는 서툴러서
함께일 때 흔들리고 다치며
목소리가 될라치면 묶이고 맙니다
그러나 홀로 있을 때
사랑 앞에 놓이고
더 이상 사랑하는 자들과
멀어지지 않습니다
그 시간이 내 웃음을 가장 아름답게 하는 까닭에
강인합니다, 나는
내가 찾은 자유가 영원하다는 것을 알기에
강인합니다, 나는
걸핏하면 비켜 걸으며 이죽대는 이들 사이로
나를 바라보시는 주님
나를 한없이 안아주시는 주님

39

아버지 어제는 땅을 가꾸는 아량이 내게 부족했어요 그러나 만일 지나간 날이 아니라면 더욱 오기를 부려 정원에 줄 맞춰 놓은 긴 얘깃거리를 묘지처럼 쪼고 다듬을래요 사시사철 순종의 시간 속에 있을 수 없는, 믿음과 행함의 불일치로 꺾어지는 벼랑길을 똬리를 틀어 소쿠리에 담을래요 뒤돌아보기를 여러 번이던 세월이 부여안고 가기에는 긴 환자복을 잘라내었으므로 어느 날 불쑥 나는 고향에서 다시 자랍니다 하나의 창이 있는 구경 좋은 무덤에 앉아 너는 편지란다 말하시면은 나는 아무에게도 무디지 않고도 나머지 없이 공동체 안에서 떨어져 나오고…… 그제야 비로소 나는 깨달았죠 아버지가 일그러지시는 순간 아버지는 이미 지워진다는 것을, 어릴 적에 이미 슬픈 것들은 살아진다는 것을요

40

웃어버리는 순간 너무 쉬워진다
헛웃음이 아니라
정말로 기뻐하는 영이 있어서
내 안에 있는
하나님의 영으로 내가
사무치듯 웃고 있을 때
나를 보고도 모르는 사람인 양
지나치던 사람들까지도 잡아 세울 수 있다
웃음을 외면할 수 있는 이는 없기에

저 여기 있어요
지나가지 말고 인사 나눠요
반가워요

저 사람, 어딜 가는 거지

날 못 봤나 싶은 의구는 사라지고
웃음이 나를 살린다
나를 감사로 인도한다
용서하고 있다
웃었을 뿐인데 말하고 있다
위로하고 있다

집 나간 지 오래되었다가
다시 아버지를 부르는 탕자처럼
웃어버리는 순간
아버지의 품에 안기고 있다
용서받고 있다
화와 욕망과 불신을 버리고
온유한 그리스도를
옷 입고 있다

41

궁휼하신 분,

회개를 통해

우리에게 승리의 면류관을 주시는 주여,

매일 매 순간

승리의 축복을 부어주시니 감사드립니다.

내면을 공격하는 절망과 의심이

아무리 거세게 밀어닥쳐도

우리는 눈을 옮겨

그리스도의

완전하신 사역을 바라봅니다.

우리 안에 계신 이의 크심을 알아

그릇 행하지 아니하며,

육체를 신뢰하지도 않습니다.

우리의 의지는 죄악을 극복할 수 없으나

그리스도 안에 있는 생명의 법이

우리를 해방시키셨음을 믿기에
실패의 와중에도 담대히 선포합니다.
"사망아 네가 쏘는 것이 어디 있느냐?"(고전15:55)

42

잊어버린 곳에서부터 입은 열려
넓은 들을 건네
발소리가 들리고 소리 사이를 걸었네
꺾어다 주지 않고도 씨앗은 다시 생명을 소생시키고
절실한 것은 너무 오래 쥐어 손안에서 자유를 누리네

43

사랑이신 주여
우리의 회복은 주의 상함을 바라보지 않을 수 없나이다
우리의 하나 됨은
주의 이름으로 오신 이를 찬송하나이다
아버지께서 그의 아들을 내사
우리의 집을 마련하셨으며
우리를 사랑하심으로
죄가 두르지 못하게 하셨나이다
우리의 애통함이
정욕에 싸인 근심과 같지 않게 하시고
하시는 일을 보게 하사
우리로 아무것도
스스로 하지 못하게 하시나이다
아버지의 증언이 진정 참되시며
주의 음성이 조화로우시니

의로운 노래를 우리 안에 두시리이다
잔잔한 물이 작은 돌에도 채찍질 당하나
모든 빛은 사랑을 택하나이다

44

주여, 우리는 쉴 새 없이 말합니다.
친근한 말, 세워주는 말,
온화한 말, 선량하고 사려 깊은 말들은
숲이 되고 연못이 되어 공동체를 세웁니다.
말은 곧 예배요 우리의 온전함이며
주 안에 있는 우리의 능력입니다.
그러나 주를 본받지 못한 선포는
읽고 기도하지 않으므로 영혼을 넘어뜨립니다.
포도나무가 무화과 열매를 맺고
짠 샘에서 단물이 뿜어 나오는(약3:11) 그 기이한 일은,
우리의 입술 안에서 습관적으로 일어납니다.
우리는 찬송의 입술로 비방합니다.
사랑해야 할 입술로 형제들을 폄하합니다.

그러므로 유진 피터슨이 말하듯

성경의 선지자들과 시편 기자들이

전부 시인이었다는 사실은 몹시 중요합니다.

그는 목사와 시인이 공통으로 하는 일들을 나열하지요.

경외감으로 말을 사용하고

일상의 구체적인 일들에 잠기며

흔한 것들에서 영광을 간파하고, 착각을 경고하고

리듬과 의미와

정신의 미묘한 상호 연결에 주의하는 것°…….

주께서는 우리가

우리의 언어를 잘 돌볼 수 있도록 도우십니다.

말로 죄를 범하지 않게 하시고

착취의 말들에 담긴 파괴력을 알게 하십니다.

° 유진 피터슨, 『목회자의 영성』, 211p

작은 불씨가 많은 나무를 집어삼키듯
다른 이들의 가슴을 까맣게 불태울 무자비한 힘이
바로 우리의 혀에 있음을 가르쳐주십니다.
우리가 주의 말씀을 나눌 때
전도하고, 교제하고, 서로 대화할 때
이러한 혀의 양면성을 잊지 않게 하소서.
혀는 우리가 주 아버지를 찬송하게 하지만
하나님의 형상대로 지음받은 사람을 저주하기까지 합니다 (약3:9).
그런즉 우리가 해야 할 많은 일들 중 가장 중요한 일은
말을 존귀하게 대하는 것입니다.
불의한 마음으로 말을 더럽히지 않고
말에 강력한 힘이 있음을 기억하는 것입니다.

영혼을 섬기는 말,

주를 영화롭게 하는 말을 하게 하소서.

하나님과 함께하는 언어로 살아가게 하소서.

우리의 기도를 인도하셔서

주의 길을 배우는 것은

주의 말씀에 동참하는 것임을 깨닫게 하소서.

인내와 경건의 기도로부터 말하게 하소서. 아멘.

에필로그

근로 능력을 상실하고 일을 관둔 지 벌써 2년이라는 시간이 흘렀다. 가족으로 친구로 연인으로 살고 싶은 바람이 자꾸 욕심이 된다. 문자 한 통 쓰기 힘들 만큼 아픈 날이 무시로 찾아온다. 그럼에도 얼핏 봐서는 환자라는 사실조차 눈치채기 어렵다. 며칠 전에도 병에 대해 설명해야 하는 상황에서 의사가 그렇게 말하는 건지 아니면 수영 씨 혼자서 그렇게 느끼고 생각하는 건지 묻는 무례한 사람을 만났다. 그와 만나는 내내 컨디션이 좋았기 때문이다. 설명하기 어려운 통증과 눈에 드러나지 않은 장애가 불러일으키는 일상적 오해는 걷잡을 수 없이 많고 포악스럽기까지 하다. 그것들에 대한 기록을 이 책 곳곳에서 당신은 만나셨으리라. 올리버 색스의 『아내를 모자로 착각한 남자』에는 이런 구절이 나온다.

> 그 누구의 동정과 도움도 받을 수 없다는 것, 이것 또한 가혹한 시련이다. 그녀는 장애인이지만 그것이 겉으로는 뚜렷하게 나

타나지 않는다. 그녀는 시각장애인도 아니고 신체가 마비되지 도 않았다. 겉으로 나타나는 장애는 아무것도 없다. 따라서 종종 거짓말쟁이나 얼간이로 취급된다. 우리 사회에서는 밖으로 드러나지 않은 숨은 감각에 장애가 있는 사람들은 누구나 같은 취급을 받는다.

나는 이번 책을 통해서 세상에는 이름 붙여졌거나 이름 붙여지지 않은 수많은 질병이 존재한다는 것과, 그렇기 때문에 우리가 만들어낸 장애의 상에서 벗어나지 않으면 섣부른 오해에서 비롯된 언어적 폭력은 계속될 수밖에 없다는 것을 전하고 싶었다. 다양한 마음의 트라우마가 있는 것처럼 몸도 마찬가지다. 병명을 떠나 조금도 느슨해지지 않는 몸과 마음의 통증으로 밤을 지새우는 환자들, 같은 질병일지라도 환자 개인이 가진 각기 다른 증상의 면면들, 우리가 아는 것보다 모르는 것이 더 많기에 우리의 무지로 되작거릴 수도, 함부로 경계 지을 수도 없는 장애의 모습들이 있다.

그것들을 딱딱한 의학 용어 안에서가 아니라 한 사람의 침묵으로 빚어진 조용한 날들을 '함께 겪는' 방식으로 만나주셨기를 바란다. 당신의 일상과 나의 일상이 마주친 오늘, 함께 느린 속도로 산을 오르듯 우리가 발을 맞추며 오래 걸었으면 좋겠다. 더불어 책을 덮은 후로도 이것이 한 근육병 환자의 개인적 서사만은 아님을 기억해주신다면 기쁠 것이다. 가장 내밀한 고통은 결국 우리 모두의 고통이다.

이 작은 기록이 당신의 말 못 할 상처가 기댈 수 있는 자리가 되기를 매일 새벽 두 손 모아 기도할 것이다. 누구나 누군가의 한 사람으로 살아갈 기회를 만난다. 어쩌면 하루에도 몇 번씩, 그런 기회와 마주칠 수 있다. 건네받은 귀중한 한마디를 기억하며 책의 마지막 편집 과정까지 용기를 냈다. 기어가는 통증 속에서 나를 살린 것은 언제나 말 한마디들, 또 한 사람들이었다. 호소하고 싶은 억 겹의 말들을 가슴에 품고도 목소리 없이, 공동체 없이 살아가는 모든 소외된 이들에게 이 책을 바친다. 당신은 나의 유일한 친구다.

몸과 말

아픈 몸과 말의 기록

초판 1쇄 인쇄 2020년 11월 23일
초판 1쇄 발행 2020년 12월 4일

지은이 홍수영
펴낸이 반기훈
편집 반기훈, 서동빈

펴낸곳 ㈜허클베리미디어
출판등록 2018년 8월 1일 제 2018-000232호
주소 06300 서울시 강남구 남부순환로378길 36 4층

전화 02-704-0801
팩스 02-575-0801
홈페이지 www.huckleberrybooks.com
이메일 hbrrmedia@gmail.com

ISBN 979-11-90933-04-9 03810